Cuentos en Cuatro pasos

Antología Latinoamericana

El Tintero
Catracho

Dedicatoria

A los Autores incluidos en esta antología, por la confianza en su maestra y en las técnicas de los talleres impartidos y dejarse llevar por este viaje lúdico de creatividad literaria.

A las organizaciones internacionales de escritores: Autoras de Vanguardia y Letras Latinas; son un semillero de creación literaria y un espacio de hermandad Latinoamericana.

Al hermano de letras hondureño: Gabriel Fiallos, gestor de la Editorial El Tintero Catracho, por hacer este sueño de todos, realidad.

El sendero de la concreción etérea
Por: Edgar J. Arizmendi "El Juglar de la pluma Áurea"
México

La inspiración... sublime éter que ralentiza capturando la eternidad en solo un momento y el escritor... es el médium que la canaliza otorgando a la pluma autónomo movimiento.

La sutil esencia que por ser expuesta clama haya en la razón un cómplice que evidencia íntimas tolvaneras del corazón y el alma traspasando todo umbral en plena simetría.

Logrando en el apogeo degustar de ambrosía conceptualizar la abstrusa y gran cosmogonía del divino devenir creativo en trayectoria.

Y emerge triunfal de la mundana epifanía trascendental concreción: ¡Una obra literaria! Que el papel resguarda inmarcesible en su memoria...

Contenido

Página

Prólogo -- 13
Niza Todaro Glassiani (Uruguay)
(Autoras de Vanguardia)

1. "Como un perro en una esquina" ---------------------- 17
Guanina Alexandras Robles (Puerto Rico)
(Autoras de Vanguardia y Letras Latinas)

2. "Del amanecer brilloso al encuentro furtivo" ------- 25
Leonardo Brancoli Estradé (Chile)
(Autoras de Vanguardia)

3. "El arriero y la peste" ----------------------------------- 47
Néstor Granillo Bojorges (México)
(Letras Latinas)

4. "Eran 12 años que llevaban de casados" -------------- 53
América Washbrum (Ecuador)
(Autoras de Vanguardia)

6. "Inesperado amor" --------------------------------------- 65
Julia Pineda (México)
(Letras Latinas)

6. "La cartera tesoro invaluable" ------------------------ 79
Verónica Torres (México)
(Autoras de Vanguardia)

7. "La casa en el árbol" ------------------------------------ 87
Gabriel Fiallos (Honduras)
(Letras Latinas y El Tintero Catracho)

Contenido

	Página
8. "La cura"	93

Judith García Sánchez (México)
(Letras Latinas)

9. "La Inteligencia Artificial opina" ---------------------- 105
Guanina A. Robles (Puerto Rico)
(Autoras de Vanguardia y Letras Latinas)

10. "La Magia del Tiempo" ------------------------------ 111
Silvana Ribeiro Mizrahi (Uruguay)
(Autoras de Vanguardia)

11. "Los Aretes Negros" ----------------------------------- 121
Mary Letty Loor Santana (Ecuador)
(Autoras de Vanguardia)

12. "Presagio desde una Ventana al mar" --------------- 131
Niza Todaro Glassiani (Uruguay)
(Autoras de Vanguardia)

13. "¿Sólo fue un sueño?" ---------------------------------- 145
Clemente Santana Rodríguez (México)
(Letras Latinas)

14. "Una Fábula mal contada para adultos" ---------- 149
Edgar J. Arizmendi (México)
(Letras Latinas)

Epílogo -- 155
Clemente Santana Rodríguez (México)
(Letras Latinas)

Prólogo

Por: Niza Todaro Glassiani
Uruguay

El taller de escritura "Cuatro (4) pasos para escribir tu libro", impartido por la Dra. Guanina Alexandras Robles, se convirtió en un rincón mágico donde las palabras se entrelazaban en una danza literaria única. Cada pluma de los autores emergía con fuerza, creando un tapiz narrativo que celebraba la diversidad de voces y tejía relatos que reflejaban la riqueza de sus vivencias.

Se compartió una intensa experiencia con resultados óptimos que transcurrió de lo más simple a lo más complejo, pero siempre de forma gradual. Esta vivencia enriqueció el uso de la palabra y puso de manifiesto profundas reflexiones sobre el lirismo y la estructura creativa.

Como ejemplo, se citaron reconocidos autores, profundizando en sus escritos como fuentes de inspiración que ampliaron nuestros horizontes literarios.

Un ambiente de cálida camaradería y entusiasmo propició el desarrollo de la imaginación y de la escritura creativa. A medida que el taller avanzaba, los textos se sumergían en la belleza de la palabra, y en cada rincón de nuestros corazones se escondía una nueva historia, lista para ser contada.

Los participantes se adentraron en la magia del lenguaje, descubriendo formas nuevas e innovadoras de expresión. Con sabiduría y dedicación, la Dra. Guanina Alexandras Robles logró que los relatos trascendieran las fronteras de la creatividad compartida.

Este taller se convirtió en un viaje sin retorno, donde aprendimos que la palabra tiene el poder de dejar una marca indeleble en la historia y de construir un legado que trasciende nuestra propia existencia.

Comencemos a recorrer estas páginas, donde la realidad se convierte en fantasía, el dolor en belleza, y el tiempo en un flujo incesante de memorias y sueños.

Dra. Guanina Alexandras Robles Butter Ed. D. (c)

Puerto Rico

Guanina Alexandras Robles Butter Ed D. (c)

Profesora, dramaturga, cuentista, ensayista, Doctora en educación, en diseño curricular en español, con estudios literarios y en Teatro. Posee estudios a nivel de maestría y bachillerato en Humanidades, arte, filosofía y Letras en la Universidad de Puerto Rico, Recinto Río de Piedras.

Actualmente está en procesos académicos para presentar su Disertación doctoral: *"Currículos Hostosianos de Estrategias Integradas para que los estudiantes escriban más"*.

Es gestora de la Escuela Virtual Hostosiana y ha realizado ponencias sobre escritura creativa, narrativa, Teatro y Talleres literarios en París (oct 2021), Las vegas (oct 2023 y 2024), México (2021 y 2024) y República Dominicana (nov 2023) en eventos literarios y encuentros de escritores internacionales.

Desde 2024 ejerce como Profesora de Español y Comunicación Creativa en Atlantic University de Puerto Rico, maestra de Teatro y Dramaturgia en la Escuela Especializada de Teatro JJ Acosta desde 2024.

Pertenece a la Organización Autoras de Vanguardia y es delegada cultural de su país en el colectivo de escritores latinoamericanos "Letras Latinas con sede en Los Reyes Acozac Tecámac, México.

Como un perro en una esquina

Por: Guanina Alexandras Robles Butter
Puerto Rico

Ella se levantó como si fuese un día normal. Carmelo, su esposo, ya se había ido al colmado, despachaba desde las 5:30 de la mañana a los clientes que comenzaban a comprar pan y a darse la cervecita desde temprano.

Abrió la ventana de par en par y un sol brillante le pegó en la cara. Recogió las sábanas, puso la cama bonita, acomodó su cuarto. En chinelas, salió por la puerta de la habitación pequeña, mientras, cantaba un corito de la iglesia. Se asomó al cuarto de su hijo; de momento descubre que él no está, que no ha llegado. Que extraño, siempre llega antes de las 2:00 de la mañana, meditó. Esa noche durmió tan profundo que ni cuenta se dio que él, no estaba allí. Su cuarto estaba intacto; cómo lo había dejado.

De pronto después de haber pensado que era un gran día, sintió un golpe de soplos de lamentos que le amarró el corazón. ¿Dónde está, dónde estaba su hijo? La intranquilidad le acosó inmediatamente entre las sienes. Corrió desesperada, no pensó en el café, ni en el desayuno, buscó el teléfono y comenzó a textear de par en par, rampante, empezó a llamar a todo el mundo. Nadie sabía de él. De momento se asomó por el balcón desde el segundo piso del caserío y vio la calle tan solitaria y desolada que supo de golpe que algo malo había pasado.

"Desaforá" corrió escalera abajo y como por un instinto ancestral de madre, "patisuelta" desbocada en ángulo por la cuesta hacia el suroeste del caserío, corría. Allí frente a la escuela superior "Albert Einstein" esperaba encontrarse con el corillo de los chamacos, pero no había nadie. Se acercó errática y con los nervios de látigo, le preguntó al Don Señor de la esquina, qué dónde estaban todos. Él le ripostó:

—No se ha "enterao", para allá corrieron "tos", parece que pasó algo malo, entre la 23 y la 36.

Ella aterrada le demanda inquieta:

—Pero, dígame, ¿qué fue lo que pasó?

—Y yo qué sé, líos de los muchachos de ahora…

Sin esperar más salió corriendo como loca, una voz en su oído del alma le decía que era "Yunito". De momento, le vio en su mente, como de dos añitos corriendo hacia su falda para ponerle su cabecita en el pecho diciendo mamá, mamita. Vio sus ojos llenos de luz y su mirada inocente de amor de hijo. Llegó asfixiada, pidiéndole a "Jesucristo" fuerzas.

Entre una rabia abultada e impotente y una desolación incierta, se acercó con mucho cuidado a un tumulto de gente que estaba rodeando algo tirado en el piso. Siempre el mal presagio era frente a la esquina maldita de la barra nocturna de Don Cholo, tantos jóvenes que habían dejado "pegaos" allí. Ya le había advertido a "Yunito" que no pasara por esa esquina mala.

La policía no había llegado aún. O más bien, sí habían llegado, pero estaban aglutinados por la parte de atrás hacia el sureste del caserío.

"Diz que" esperando instrucciones de sus superiores antes de confrontar los tipos de los puntos calientes, los tan bien llamados "Bichotes". Los azules se tardaban en intervenir ya que los tipos estaban mejor armados que ellos y siempre la mayoría de las bajas eran de los uniformados. "Sou, le tenían miedo".

Comentaban entre murmullos gente de barrio, mientras miraban con morbo el cuerpo acribillado con una metralleta de alto alcance:

−Él lo más seguro se lo buscó…

−Pero, ¿quiénes han hecho esto?...

−Pues, ¿quién tú crees?… él de siempre.

−No chica, dicen que a él no era al que andaban buscando.

Replicaban en chismes:

−Ni siquiera es de por aquí, es de allá abajo.

−¡Jum!, de seguro eso fue por la chica con la que andaba anoche… ella es la que debe tener un esqueleto en el closet.

Chismeaban, sin saber.

Entre los cuerpos abultados, temblorosa, comenzó a ver la ropa del que estaba tirado como un perro en una esquina. Quiso morir cuando identificó los tenis de marca que le habían costado 280.00 dólares, en el "Outlet", todos ensangrentados. Rompió en un llanto ahogado mientras le aparecía la imagen desfigurada de su hijo contra la acera de fuego. Gritó desgarradoramente: ¡Soy su madre! ¡Dios mío, "sálganse" que es mi hijo! ¡Mi hijo, mi único hijo!, gritaba rompiendo los oídos de Dios en el séptimo cielo.

Un rayo poderoso e inesperado, cayó de la nada y todos corrieron despavoridos. Era Dios que, al ver la infamia de la violencia, en pleno día de sol, envío su llanto en una lluvia copiosa e inesperada. Se quedó la imagen solitaria, sobre el asfalto caliente, de la madre sollozando de dolor sobre el pecho de su hijo sin aire.

El tiempo se detuvo.

De repente, no se sabe ni cómo, ni cuánto tiempo después, la mujer, toda mojada por las lágrimas del cielo, le quitó a su hijo la camisa azul de marca, llena de sangre. La envolvió como un niño chiquito y comenzó a mecerlo mientras le secreteaba cucas monas. Se levantó y comenzó a vociferar de manera irracional y desmesurada: "¡Carmelo, Carmelo, ay… ay, Carmelo!" Dando bandazos y con un terrible dolor de pecho, casi sin respiración se alejaba del cuerpo desencajado e inerte, con el falso bebé en sus brazos. En ahogos, manchaba el cielo claro con su voz, llamándole: ¡Carmelo, Carmelo... nos lo mataron!

Así llegó, al colmado de su esposo Carmelo, en el noreste del caserío, entre la calle 43 y la 54. En delirios de conciencia y llantos reales, sollozando entre voces dobles y cantos de nanas. Arrastrando los pies con la camisa enrollada como un bebe en mano, entró por la puerta corroída de madera, que daba la impresión que se había detenido el tiempo desde el siglo XX; entre el ruido ensordecedor de la música y las banales voces. Cuando vio a Carmelo a sus anchas, rodeado de "panas" borrachos y en su falda una mujerona "aprovechá" y "janguiadora", la cual manoseaba con lujuria.

Cuentos en cuatro pasos

Le gritó:

– Cabrón, no sabes lo que ha pasado.

Él, al verla, furioso se levantó y mandó a todos a callar. Dándole una bofetada certera en la cara le recordó que le había dicho muchas veces que no se podía aparecer así, por el negocio sin llamar antes, cuando le diera la gana. Ella entregándole a Carmelo la camisa de su hijo azul ensangrentada y envuelta como un arrullado niño, le dijo con una nostalgia agónica:

– Hoy no vine porque me dio la gana amado esposo de mierda, hoy vine porque han matado a nuestro hijo. Lo han matado en tu cara, en tu barrio, mientras festejabas; lo mataron.

Su voz ronca, llena de ríos de lágrimas de pronto murmulló dulce:

– Lo dejaron acribillado como a un perro en una esquina, frente al negocio de Don Cholo.

Se dio la vuelta girando como un planeta errante y alejándose de todo, vio la cara desencajada de Carmelo como un punto final definitivo... se dice que deambuló, sin comer ni dormir, arrullando al aire entre sus pechos como si fuese su hijo niño, hasta que se murió de desconsolada impotencia, desnutrición física y angustia de alma. Él nunca la volvió a ver.

Don Carmelo de pronto, sintió el golpe de las palabras y la evadida realidad en sus riñones, mientras la vio alejarse, lleno de tristeza. Entendió al instante que ese día lo perdió todo y para siempre.

Cuentos en cuatro pasos

Le gritó a la multitud atónita que se largaran. Le dejaron solo. Cerró todas las puertas del lugar apestoso a basura de vicios y se fue detrás de la barra del colmado. De pronto, se tropezó con la foto vieja de la familia que tenía encima de la nevera. Él, ella y Yunito en su graduación... abrazados y felices.

Desplomado de llantos se puso la foto en el corazón. Abrió la gaveta oculta debajo de la barra y sacó una "Smith & Wesson" antigua, pero que le había salvado la vida tres veces. Poniendo el arma sobre el "counter" con olor a alcohol, la agarró con fuerza y puso levemente el dedo en el gatillo. Así... agarrado su espíritu del arma mortal, quedó mirándose en un espejito roto, que estaba al lado del calendario, la foto de la virgen y las azucenas.

Cuentos en cuatro pasos

Leonardo Brancoli Estradé

Chile

Leonardo Brancoli Estradé

Licenciado en Sociología de la Universidad de Chile y egresado de Derecho de la Universidad Católica de Chile. Se ha desempeñado por 30 años como asesor legislativo de una diputada y una senadora en diversas áreas, siendo la equidad de género su principal especialidad en la elaboración y tramitación de proyectos de ley. En calidad de su puesto ha sido expositor en seminarios de materias tales como: nuevo régimen matrimonial, delitos sexuales, violencia intrafamiliar, entre otras. En la actualidad es miembro de la Asociación Internacional Club de Lectura Autoras y Autores de Vanguardia, es también participante en la Sociedad de Escritores de Chile y en esta Antología publica su primer cuento que es parte de su primera novela erótica. Genero narrativo que cultiva.

Del amanecer brilloso al encuentro furtivo

Por: Leonardo Brancoli Estradé
Chile

Avanzada la tarde en Santiago de Chile, cuando el sol comenzó a ponerse, se inició el ocaso de un día casi tan rutinario como los demás, salvo por el ingreso a la agencia inmobiliaria de Pier Ángelo. Así le llaman porque su bisabuelo era inmigrante italiano, aunque su abuelo y su madre eran chilenos, tenían ambas nacionalidades. Era un joven trigueño, ojos marrones, delgado, de veinticinco años, un metro con setenta centímetros de estatura, varonil, vestido con polera, "jeans" y zapatillas, de amplia sonrisa y con mirada sexy. Encaminó sus pasos donde se encontraba la secretaria, mientras conversaba con ella, de reojo dirigía su mirada hacia aquella mujer moderna, feminista, consciente de sus derechos, llamada Alice.

Ella era de pelo castaño, tez blanca, ojos cafés, un metro con setentainueve centímetros de estatura, próxima a los cuarenta, aunque da la impresión de tener como siete años menos, es economista y propietaria de la agencia inmobiliaria. En ese momento hablaba por celular, vestida con chaqueta y pantalones muy elegantes, le hacían resaltar su figura esbelta físicamente distante en el espacio, pero íntimamente cerca en el pensamiento. Él hizo que, para ella, ese momento no fuera un momento, sino un tiempo detenido que la hizo retrotraerse a los años de su juventud. En esa época donde hacía cimbrar las pasarelas de los más importantes modistos chilenos, para desdoblarse en una idílica puesta de sol de una playa costera del litoral de Viña del Mar.

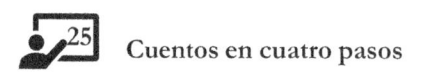

Cuentos en cuatro pasos

Mientras tanto ella hablaba por celular, movía los labios lentamente sin emitir voz. Y continuó así, aún después que él se marchó. Caída la noche, su secretaria se había retirado, mientras ella cerraba su oficina. Ésta se iluminaba con las estrellas, que una a una, iban apareciendo, dejando definitivamente atrás el azul del cielo con un sol rojizo próximo a la retirada. Ella salió para introducirse en el recorrido de las encementadas calles. El rugir del automóvil le hacía subir el líbido para mirarse a sí misma en su pensamiento íntimo, como una amazona, vampiresa, profesora o policía. Raudamente se desplazó en automóvil por avenidas menos transitadas y lograr llegar primero que Pier Ángelo, a quien conoció en una "discotheque". Ella había ido con un grupo de amigas, a ciertas horas donde se ofrecen espectáculos para mujeres llamados "femeninos". Siendo frecuente las despedidas de soltera, con sensuales "shows de vedettos", donde su amante, estudiante universitario de sociología se desempeña como "barman", lo que le servía para ayudar a pagar sus estudios.

En un reducido tiempo llega al subterráneo de su edificio ubicado en la intersección de dos importantes avenidas, que forman parte de la comuna de Los Condes, caracterizada como de estrato socioeconómico alto. Toma el ascensor, aprieta el botón que indica el piso 13 donde ella habita, en segundos, la iluminación de éste le anuncia su arribo. Al ingresar a su apartamento, se preparó una cena liviana, alcanzó a consumirla cuando, de pronto, suena el citófono, así se le llama al aparato telefónico interno para comunicarse desde una central con diversos apartamentos de un mismo edificio, era el conserje:

—Aló señora, se encuentra aquí el joven Pier Ángelo.

Cuentos en cuatro pasos

– Que pase.

Al pasar, ya en el interior de éste, ninguno de los dos cruzó palabra. No era necesario estaban mudos, pero hablaban con sus ojos, sus manos, sus brazos, sus corazones, sus pensamientos y sobre todo; con sus cuerpos. Mientras ella juntaba sus labios con los de él, le desprendía lentamente cada una de sus prendas, la recorría con sus manos, de arriba hacia abajo, explorando su rostro terso, su cintura sin grasa, sus brazos fuertes, sus piernas deportistas, sus glúteos bien formados...

Así entre suspiros y jadeos, se permitían sentir sus abrazos, besos, caricias y sobre todo; sentir su boca en la vagina húmeda cada vez más extendida y en su clítoris deseoso de explotar en éxtasis, para así levitarse en un placer inigualable. Fueron horas, pero para ella, solo minutos.

Después del orgasmo mutuo, él se durmió. Ella se acercó a la ventana y mientras observaba en la lontananza del universo como desaparecían las estrellas en un fondo negro, dando paso a un horizonte azulino, donde las luces naturales aparecían en el firmamento. Es para muchos un milagro, pero para ella, el verdadero milagro era ese joven a quien de reojo miraba y veía como dormía sin roncar.

El amanecer dejaba atrás las estrellas, para dar paso a un azulado y nítido cielo, sumado a un imponente sol que aparecía en el firmamento. Eran mudos testigo del despertar de Pier Ángelo. Le daba la energía suficiente para tomarse una ducha, cuyo sonido del correr del agua, le permitían a Alice meditar la rapidez de los acontecimientos, interrumpido tan solo por el silencio a su término.

Ella lo invitó a tomar desayuno en el café del "boulevard", ubicado en un mismo nivel subterráneo que el metro de la estación, frente a su apartamento, contiguo en un solo pasadizo junto a "boutiques", peluquerías, jugueterías, librerías, pizzerías, cafeterías. Todas unas al lado de otras, con un transitar constante de personas que vienen y van desde y hacia locales comerciales. Sobre la superficie de ese lugar existía una parada de buses y taxis, además de un flujo permanente y rápido de automóviles en ambas avenidas en los dos sentidos contrarios.

Salen del apartamento y en el ascensor intercambian miradas, la de ella entre tierna y sexy, se intercala con la tímida y ansiosa de él. Ambos ocultan una lascivia interior mínimamente contenida; la que se ve interrumpida por el ingreso paulatino de propietarios y arrendatarios de pisos inferiores. Miradas todas abruptamente uniformadas, como si de un cuerpo militar se tratase, anulando cualquier individualidad. La iluminación del "botón" del primer piso indicó el final del viaje. El abrir de las puertas y salida del grupo humano no se diferenciaba mucho de una manada que se entrecruza con otra, siempre bajo la mirada cordial, pero atenta y fiscalizadora del conserje de turno.

Alice vestida con una polera color rojo tan intenso, que con solo mirarla resultaba electrizante su figura, complementada con jeans y zapatillas híbridas.

Pier Ángelo en cambio vestido con una polera color celeste apegada al cuerpo, shorts y zapatillas deportivas, todo un conjunto que no pasa inadvertido a las miradas femeninas que caminan por la vereda.

Dirigen sus pasos por una escalera que conduce al subterráneo directo a la cafetería. Con el inicio del andar se percibe tenuemente el olor cafetero, pero con la cercanía al local, es más evidente el aroma. Se distinguen mesas interiores y exteriores, atendidas por mozos jóvenes y lindas "garzonas". Él público era de edades medianas y jóvenes, gerentes profesionales, oficinistas, jubilados y adultos mayores de ambos sexos. Distribuidos en grupos de dos o tres; particularmente destacaba en una mesa exterior una mujer de treinta años. Pelo negro y tez blanca, con un notorio contraste, cuyo árbitro eran unos ojos verdes gatunos, penetrantes y enigmáticos.

Vestía con un pequeño peto negro y pantalones muy ajustados de cuero rojo (idéntico al de la polera de Alice), que le hacían dibujar su figura humana, sus pies desnudos podológicamente cuidados tenían uñas pintadas del mismo color de su pantalón, al igual que las uñas de sus manos. Yacían tendidos en el suelo unos zapatos rojizos de charol, eso sí, como meros espectadores y guardianes de lo que acontece. Concitaba ella no pocas miradas masculinas y no faltaba el pasajero que viniendo en sentido contrario en vez de virar hacia la ventanilla de ventas de pago o traspasar con la tarjeta los torniquetes para ingresar al andén correspondiente, continuaban en línea recta la caminata para estirar las piernas y no solo las piernas. Era sin duda alguna su presencia portadora de una sensualidad desbordante e hipnotizadora, que dejaba encantados a unos y embobados a otros. Entre ellos a Pier Ángelo, cuya atención duró solo un instante por un no disimulado sacudón de Alice, quien de inmediato aceleró el paso para obtener una mesa en su interior, al tiempo que una "garzona" les indicaba cual estaba desocupada.

Ambos piden sándwich de tomate y "palta", como le dicen en Chile al aguacate, sin sal, sin mayonesa y un café con vainilla. En ese momento Alice se levanta para ir al baño, por intuición con voz baja y suave, pero algo amenazante, y levantando el dedo índice de la mano derecha, le dice: ¡pórtate bien!

El asiente y le sonríe. De inmediato se aseguró que ella no estuviera a la vista, se levanta muy nervioso para dirigirse rápidamente donde aquella mujer que le llamaba la atención. Como si tuviera que completar lo que coactivamente le fue impedido, estando ya delante de ella, le saluda con voz temblorosa; ella lo mira complacida y junto con darse cuenta de su apuro le pasa su tarjeta. Pier Ángelo se la mete a su bolsillo y en retribución le anota su celular en una servilleta; se devuelve con la misma rapidez a su mesa donde los sándwich y cafés estaban servidos, en el mismo instante en que regresa Alice, exclama:

—¿Y no te serviste?
—Estaba esperándote—. Le contesta, con cierta malicia.

Alice comenzó a comer y tomar el café, en lo que Pier Ángelo hizo lo mismo. Ella se sentía muy contenta, su rostro y semblante eran reflejo de la hermosa noche que había pasado, Pier Ángelo estaba nervioso, ella lo notó y tratando de tranquilizarlo le acaricia el rostro con una mezcla de sensualidad, ternura y seguridad, añade: Vamos a tener una nueva noche juntos, te lo aseguro. Pier Ángelo baja la mirada, pero asiente con una sonrisa sin emitir palabra.

— Si deseas servirte más, puedes hacerlo— le señala con amabilidad Alice.

—No gracias— responde.

Con algo de picardía, Alice le pregunta:

—¿Has tenido pololita?— (término chileno previo al noviazgo).

—Sí, pero pocas y más bien cortas— le contesta.

—¿Porqué?— Pregunta ella.

— He sido muy tímido con las mujeres – le contesta Pier Ángelo casi como confesándose.

— Pero cuando te conocí me pareciste un hombre con personalidad— le dice Alice con tono afirmativo.

—Debe ser porque en cierta circunstancia, uno saca lo que tiene adentro que creía no tener— reflexiona Pier Ángelo.

—Buena respuesta— acota Alice.

De pronto suena el celular, era Fernanda su secretaria, quien le comunica a Alice que tiene una compradora para un apartamento que le entregaron para la venta en Viña del Mar. Ella dirigiéndose a él destaca lo eficiente, ordenada y competente que es su secretaria. Por eso cuando pueda, le sugiere se tome unos días libres en Olmué, donde ella tiene una casa. Le preguntó a Pier Ángelo si conocía la ciudad y él le contesta:

—Sí, está a cuarenta kilómetros de Viña del Mar, he escalado los famosos cerros es muy bonito, es más campestre y rural, donde todavía se ven caballos sueltos por los caminos, aunque ahora está más construido, especialmente cerca de las dos plazas, a poca distancia la una y la otra, ¡ah!, lo mejor el letrero de bienvenida al comienzo de la comuna con su lema "Olmué Regala Vida".

—Es por el campo energético que tiene, mayor que cualquier otra ciudad— le dice Alice; y agrega— además en Petorca, entre Viña y Olmué, está la casa de "La Quintrala". ("Quintrala era una mujer hacendada del siglo XVII, dueña de grandes extensiones de tierra. Sometía a violencia, tanto física como sexual a sirvientes esclavos, hombres libres y a algunas mujeres. Se le acusó de varios homicidios, pero no pudieron probarse por sus influencias con las autoridades). Ahora se ha hecho una ruta turística, no exenta de polémica, en todo caso no es mi referente—concluye. Ella hace un ademán para pedir la cuenta, junto con pasar la tarjeta en la máquina de pago que le sostenía la "garzona" y recibir el "Boucher", se levanta de la mesa, se despide de quien la atendió y Pier Ángelo la sigue. Al salir del local, se suman al incesante ir y venir de personas, ambos de regreso suben ágilmente la misma escalera por donde vinieron. Vuelve a sonar el celular de Alice, también la secretaria, pero esta vez el motivo era el arriendo de un apartamento en Santiago de Chile.

—Quedó al pendiente, por qué tus relaciones fueron cortas. Otro día me lo cuentas—le recordó Alice a Pier Ángelo con cierta ternura. Casi intempestivamente con una mirada sexy ella le da un prolongado beso en la boca, los corazones de ambos se aceleran al unísono, pasan a ser uno solo, pero las miradas no son las mismas, la de ella sentida, profunda y comprometida, la de él una mezcla de pasión y atracción, pero también de confusión; ella con las dos manos le toma el rostro y lo mira fijamente a los ojos, lo vuelve a besar, y se despide, para iniciar su caminar, no sin antes hacer un gesto de despedida con su mano derecha, para ya enfilar rumbo a su apartamento primero y a su oficina después. Pier Ángelo quedó solo parado con su mente en blanco por un largo rato.

Para él Alice es una mujer muy atractiva, le gusta mucho, pero también reflexiona consigo mismo cómo auto justificándose, si ella tiene amigos, él podría tener amigas, eso no es pecado. El problema era si Angélica en particular podía ser efectivamente solo su amiga, era un interrogante que lo inquietaba, aquí no era el barman de la "discotheque" que atiende a muchas mujeres, entre ellas a la propia Alice. Decide caminar sin rumbo, casi sin darse cuenta llega al otro paradero de metro, decide entrar, baja las escaleras para dirigirse al andén correspondiente, pero se devuelve, sube las escaleras de nuevo a la superficie. De su bolsillo saca la tarjeta donde estaba escrito su nombre, su profesión y su número de celular. Le entra nuevamente la duda, se detiene, vuelve a reflexionar, sabía que cualquier consejo de amigo/a sería esperar por quien era su pareja; por ese mismo motivo, sin mucho raciocinio adicional, decidió llamarla.

Al contestar ella, le preguntó si estaba en el café, pero le da respuesta negativa, de inmediato le ofrece encontrarse en un sitio, y le propone la plaza de Los Caballos de Olmué. Un silencio invade a Pier Ángelo, palideció un momento como presintiendo que no iba a terminar bien. Pensó que podía inventar algún pretexto: tratarse de otra ciudad, que tenía que estar en Santiago de Chile con un familiar, por trabajo o cualquier otro. Pero, no inventó ninguno.

—Pier Ángelo estás ahí? —Preguntó Angélica.
—Si, lo que pasa es que es otra ciudad—. Le contesta.
— Obvio — le recrimina Angélica, — tomas un bus desde Santiago a Viña, después subes al metro hasta Limache y ahí combinas al tomar un bus local a Olmué, te deja en la misma plaza, o según el horario bus directo desde Santiago, el mismo paradero de la ciudad, es muy fácil.

Pier Ángelo inconscientemente deseaba se interpusiera alguna dificultad, pero no hubo ninguna. Angélica vivía en Santiago de Chile, pero frecuentemente iba a Olmué, en una zona con espesos árboles un tanto ancianos, pero tan robustos como verdes era la naturaleza que los rodea. Dejaban ver una casona de madera aislada en un cerro próximo al famoso denominado "La Campana", donde se hacen excursiones, iba a ser testigo involuntario de algo inédito. El día citado, es muy concurrido, es un sábado al mediodía generalmente mucha gente en ambas plazas con locales de objetos de artesanía, tiendas de ropa, comida y otras. Pier Ángelo que pasaba por la plaza central, debía continuar hasta la siguiente, no se percató que Fernanda la secretaria de Alice también estaba ahí, haciendo un recorrido que incluyó el escenario llamado "Patagual", ubicado a metros de la Municipalidad, donde se efectúa el segundo festival chileno de la canción más importante después del de Viña.

El punto de encuentro fue exactamente en lugar y hora convenido, una mujer de un metro con sesenta y nueve centímetros, ante la cual los varones transeúntes accidentalmente presentes quedan perplejos, se contrapone con el disgusto de las mujeres que ahí se encontraban. Ante su entrada triunfal vestida con sombrero de vaquera en celo, una polera color rosado intenso, se traslucían unos pezones con una personalidad tan desbordante que eran merecedores de ser la primera línea de unos pechos grandes y sobresalientes. Eran además de una blancura tanto o más viviente que su dueña, una corta minifalda de idéntico color a su propio pantalón cuando estaba en el café, por la que asomaba un calzón negro a duras penas protector de sus partes íntimas, lubricadas por un líquido vaginal que se escurría en su interior.

No dejaban a la imaginación sus potentes y redondeados muslos sostenidos por unas botas sustitutivas de los zapatos de charol, constituían el refuerzo de un aguerrido contorneo de sus caderas de su sexy y ninfomaníaca figura, cuya morena cabellera de aspecto "leonífera" de longitud tan amplia que, sin pudor, ni dificultad, rodeaban la plaza con Pier Ángelo incluido. Un huaso, o sea como se le llama en Chile a un campesino típico equivalente al gaucho, llanero o charro que estaba al acecho exclamó:

—¡Caray, si se lo tragó la tierra!

La secretaria tomó nota. De vuelta a Santiago, se ubicó en el mismo lugar donde se despidió de Alice, transcurrió mucho tiempo mientras divagaba que hacer, tal vez pidiendo inconscientemente que lo perdonara, que había sido solo un desliz, que la relación no tendría por qué romperse, vuelve a caminar sin rumbo, se dirige hacia el metro de la siguiente estación, se devuelve y casi como un zombi, decide ir al apartamento. Alice que había tenido un día ajetreado alcanzó a cenar cuando suena el citófono, era el conserje:

—Aló señora, se encuentra aquí el joven Pier Ángelo.
—Qué pase.

Junto con traspasar el dintel de la puerta, Alice le da una cachetada con tal intensidad que le da vuelta la cara, Pier Ángelo estuvo a punto de perder el equilibrio, momento en que ella le grita:

—¡Lárgate de aquí!

En el pasillo que conduce al ascensor, Pier Ángelo con ojos llorosos siente un portazo que retumbó el edificio entero, era el recordatorio que había olvidado la frase del rezo "no nos dejes caer en la tentación y líbranos del mal, Amén".

Cuentos en cuatro pasos

Alice estaba devastada, sus piernas le temblaban, iba de pieza en pieza y de vuelta al living deambulaba sin rumbo en su propio apartamento, apenas se sostenía en pie, estaba pálida, sentía que le faltaba aire, por su propia seguridad consideró necesario sentarse. En ese momento lloró intensamente, fue para ella un golpe devastador, no se lo esperaba, confiaba en él, sentía que de aquí para adelante ya nada sería igual, tenía tantos planes, la cena se le atragantó, puso su mente en blanco, dormitó un rato sentada en un sillón, pensó que era lo mejor. En ese estado pasó una hora, sonó el celular, era Francisca, una de las amigas con la que iba a la "discotheque":

—Hola Alice, Fernanda, me contó todo. De verdad lo siento mucho, amiga, ¿quieres que te vaya a ver?

—Bueno te espero—contestó ella.

A la media hora suena el citófono, era el conserje

—Aló señora, se encuentra aquí Francisca.

—Que pase.

Suena el timbre, apenas abierta la puerta, las dos amigas se fundieron en un abrazo donde las lágrimas de Alice volvieron a asomar, y por solidaridad también Francisca. Lágrimas que eran indicadoras del afecto que se tenían. Se mantuvieron así sin decir palabra alguna por un largo rato. Alice sintió que esa fue la mejor terapia, mucho más calmada y con gran aprecio le dijo:

—Gracias Pancha, por venir.

—Tenía que solidarizar contigo—le contesta Francisca.

Alice le sirve un jugo natural de manzana.

—¿Nunca sospechaste nada?—pregunta Francisca.

Alice reflexiona: en general no, salvo una fijación de él por la mujer sexy en el café, al menos hasta donde yo sé, nunca dio motivo. Después de lo que pasó ya no puedo aseverar nada, porque en una relación se supone que hay confianza.

—¿Eras celosa con él?

—Lo normal—le contesta Alice.

—¿Y el contigo?

—Casi nada, a lo mejor en eso me conocía bien—le dice Alice.

—Claro amiga tu eres una mujer seria—refirma Francisca.

Una lágrima asomó por la mejilla de Alice, Francisca la abraza.

Suena el citófono, era el conserje.

— Aló señora, se encuentran aquí Carolina y María de los Ángeles.

—Que pasen.

Suena el timbre y la abrazan con mucha empatía, Alice se sentía ya mejor, había recuperado el semblante, se sentía muy acompañada no solo físicamente, sino también emocionalmente, que la hacían sentir que comenzaba a recuperarse anímicamente.

— Que rico que hayan venido — las recibe Alice con gran sentimiento de afecto.

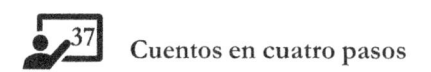

Cuentos en cuatro pasos

—Teníamos que estar contigo — le contestaron, junto con entregarle unos paquetes de ramitas y papas fritas para pasar el momento. Ella les trajo las bebidas: jugo y cerveza. Los ojos brillosos de Alice traslucían agradecimiento y gratitud por la compañía de sus amigas.

María de los Ángeles le pregunta:—¿Hace dos meses estaban juntos?

—Si, un poco menos, como él los fines de semana estaba en la "discotheque", salíamos poco, él venía para acá y unas pocas veces iba yo a su casa, donde vive con sus padres.

Ahora Carolina pregunta: —¿Y que pensaban de ti?

—Si les gustaba, a pesar de que era mayor que él, pero eso no era problema. ¿Hay algo en él que te diera que pensar?

—Me quedó dando vueltas eso que sus "pololeos" anteriores fueron de corta duración, no alcanzó a contestarme "el porqué era corta duración", ahí a lo mejor hay algo, yo tenía que irme a mi oficina... fue en el último día en el café.

—O sea, contigo fue lo más largo—concluye Francisca.

—Parece que sí, será no más, una nunca sabe.

— Me acuerdo cuando íbamos a la "discotheque", nosotras nos íbamos a ver los "vedettos" y tú te quedabas con él.— rememoró María de los Ángeles.

—Si así fue—confirma Alice.

Francisca con ironía — ¿no te dijo que era tímido con las mujeres?

Carolina con sarcasmo—menos mal que era tímido.

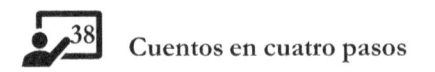

Cuentos en cuatro pasos

Todas rieron.

El ambiente se estaba distendiendo, Carolina se levanta y va a buscar un "whisky", relajada le ofrece también a Alice, pero ella prefirió jugo y Francisca cerveza.

—¿Estás más tranquila Alice?—le pregunta con ternura María de los Ángeles.

—Estoy tan a gusto con ustedes, gracias por ser quienes son, mis grandes y mejores amigas—les dice Alice.

Momento en que le salía una aislada lágrima, pero esta vez de emoción, porque se sentía verdaderamente acompañada.

María de los Ángeles reflexiona—tienes muchas cosas, un lindo apartamento, eres una profesional exitosa, tienes ingresos como para ser mujer independiente, no son muchos ni muchas quienes pueden decirlo.

Francisca complementó:—Y hasta conocimiento de defensa personal, por algo eres karateca cinturón púrpura, porque le diste una buena demostración a Pier Ángelo

—¡Y bien merecida!,—exclamaron a coro Carolina y María de los Ángeles.

—¿Puedo poner música?—Preguntó Carolina.

—Si claro—contestó Alice.

La conversación ahora tenía como fondo la música ochentera, Carolina se puso a bailar con bastante contorneo al son de Madonna tarareando "Like a virgin" y después "Like a prayer", concluye con ironía — se dan cuenta lo religiosa que es.

Cuentos en cuatro pasos

—Sí—contestaron entre risas.

Después Carolina seguía tarareando la canción de Starship: "We built this city"

—Vas a construir la ciudad—le preguntó con humor Francisca

—No, ya la construí, que no ves los edificios de afuera—le contestó Carolina.

Risas en carcajadas de todas.

Carolina bailaba sin parar ahora al son de la canción: "Take on Me" de "A-Ha", "Heart of Glass" de Blondie, "Landslide" y "Phisical" de Olivia Newton John, y "Los Ojos de Bettie Davis" de Kim Carnes; las preferidas de Alice.

—"Wow", que sensualidad—dijo Francisca, y la acompañó en el baile.

Carolina bailaba y tarareaba la canción de Roy Orbison: "Pretty Woman"

—Eres una "pretty woman"—le dijo Francisca.

—Es que le di clases a Julia Roberts—respondió con humor.

Todas rieron con entusiasmo.

María de los Ángeles bailaba al son de "Phil Collins" con sus canciones: "Paradise", "One More Night", e "In the Air".

A esa altura estaban todas bailando.

—¿Y no hay música italiana?—Preguntó con sorna, Francisca.

— Es que no está Pier Ángelo — contestó Carolina con sarcasmo.

Risa general con Alice incluida.

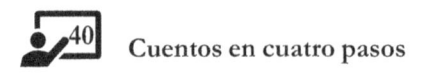

Oye María de los Ángeles te habías dado cuenta que los dos son "Ángel", "Pier Ángelo y "de los Ángeles" aseveró burlonamente Francisca.

−Si, pero Pier Ángelo es un "ángel caído"−le respondió.

Carcajada general y a reglón seguido todas bailando también Alice, con volumen de música no muy distinto al de una "discotheque", lo que aprovechó Carolina para tomar un buen trago de whisky.

En la música se sucedían "Cindy Lauper, Cher, Joan Jett, Roxette, Laura Branigan, David Bowie, Modern Talking, Bon Jovi, Matthew Wilder, Nick Kershaw, Journey, Dire Straits, Starship, Poison, Men at Work, Roy Orbison" y... muchas más; a son de la canción "Bohemian Rhapsody" del Grupo "Queen" con "Fredy Mercury" y después "We´re Not gonna take it" del Grupo "Twisted Sister", con "Rock and Roll All Night" del Grupo "Kiss"; entraron todas en éxtasis, el baile fue a todo dar, saltaban y brincaban, el departamento estaba a punto de explotar, la catarsis fue total. En ese momento suena el citófono, se miraron todas unas a otras, estaban mudas, la música había parado, era un instante que se hizo eterno.

−Aló−dijo Alice.

−Soy el conserje, por favor si pudieran bajar el volumen de la música, porque reclamaron del piso de abajo suyo.

−Está bien.

Las amigas se volvieron a mirar unas a otras, pero esta vez de alivio.

−Todas pensamos lo mismo−dijo Francisca.

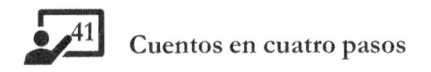

Cuentos en cuatro pasos

Carolina con malicia les propone −tengo una idea, y si lo traemos y le damos un buen "tratamiento", tengo el látigo.

María de los Ángeles también algo pícara−yo tengo otra, que le presentemos al hijo del botillero muy cerca de donde yo vivo, es él mino y... no digo más.

−Para mí todas las anteriores−dijo entre risas Francisca.

Ellas de pie levantando cada una sus brazos con un vaso de cerveza en sus manos, gritan a coro:

− ¡Somos las Amazonas! ¡Viva Diana la Cazadora! ¡Viva Artemisa la Cazadora!

Lo habían transformado en un verdadero grito de batalla, como si se tratare de las cuatro mosqueteras.

Al rato suena el citófono, era el conserje.

−Aló señora, se encuentra aquí el joven Pier Ángelo.

Todas enmudecieron, no lo podían creer, quedaron en shock, un silencio invadió el apartamento, pero se sobrepusieron, transcurrido un tiempo de varios segundos que se hicieron eternos, debatieron que hacer, tenían dos opciones; Alice resolvió y ordenó que pasara. De inmediato Francisca fue a buscar el látigo y las esposas. Se colocaron Carolina y María de los Ángeles en un lado y Francisca en el otro.

Toca el timbre, la mirada cabizbaja de Pier Ángelo se confronta con la de Alice que era una puñalada que salía por sus ojos, y las de las amigas una puñalada con fuego.

Ella con voz cortante le dijo:−Ven vamos a mi pieza.

El la sigue con la mirada hacia abajo, pasando entremedio de una verdadera guardia de amazonas pretorianas.

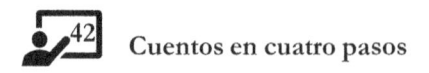

Cuentos en cuatro pasos

En la pieza a puerta cerrada Alice lo increpa:—Te imaginas como yo me sentí cuando tú me engañaste.

Pier Ángelo cabizbajo compungido:—Perdóname por favor.

Con semblante constreñido Alice alza la voz—como pudiste hacerme semejante cosa.

—Me dejé llevar—atinó a decir Pier Ángelo.

Alice más enojada: — Como que te dejaste llevar, o sea cualquier mujer que se te cruza por delante, sales corriendo detrás de ella, eres un peligro público; te muestran un par de tetas y quedas embobado, eres un inmaduro.

Pier Ángelo acongojado — te juro por lo más sagrado que nunca más va a pasar algo así.

Alice lo mira fijamente:—Me gustaría creerte, pero no sé... es que tu....

Pier Ángelo sin levantar la mirada con ojos llorosos le dice:— Te ruego que me creas, porque yo me di cuenta de que estoy enamorado. Alice se conmovió y el gesto de su cara cambió, su semblante se vio un poco más relajado, él levanta la cabeza, y acercándose a ella le dice:

—¿Me perdonas?, ¿verdad? Yo te amo.

—Si... yo también te amo.—Le contesta ella.

Las miradas mutuas habían cambiado ahora eran de esperanza, de reencuentro; de la mano salieron de la pieza, ella adelante y el atrás, las amigas esperaban sentadas, pero no conversaban eran mudas testigos, al igual que el látigo y las esposas, que por ahora vuelven al cajón de la pieza.

43 **Cuentos en cuatro pasos**

Alice y Pier Ángelo observaron por la ventana como el negro de la noche era relevado por un cielo azulino, donde las estrellas dejaban de verse, y daban paso a un sol que comenzaba a brillar con mucha fuerza, porque se anunciaba un día con una alta temperatura. Fue una jornada de larga duración, y… ¡qué jornada!

Néstor Granillo Bojorges

México

Néstor Granillo Bojorges

Estudió licenciatura en Literatura Dramática y Teatro, en la Facultad de Filosofía y Letras de la UNAM. Es fundador y socio activo de la Asociación Mexiquense de Cronistas Municipales; AMECROM A.C. Ha escrito más de 30 libros, principalmente con temáticas, sobre historia, crónica, tradiciones y costumbres mexicanas. Fue director del Centro Regional de Cultura de Tecámac durante 26 años, y por 30 años profesor de nivel medio superior; en el magisterio del gobierno del estado de México.

Del 12 al 17 de febrero de 2024, asistió a la comuna de Puyehue, República de Chile como invitado especial para celebrar el 25 aniversario del Festival Internacional de la Música Mexicana; que se celebra en aquel país año tras año, y donde se le otorgó en sesión solemne de la ilustre municipalidad de Puyehue, provincia de Osorno una certificación internacional, donde se le reconoce como primer embajador cultural y uno de los primeros fundadores del festival continental antes mencionado, debidamente sellado y firmado, con fecha del 17 de febrero de 2024.

Actualmente es gestor y promotor cultural independiente, así como cronista emérito presidente de la comisión de vinculación de la AMECROM y vicepresidente del colectivo Letras Latinas en Los Reyes, Acozac, Tecámac, México, donde participo de los talleres de la Doctora Guanina Alexandras Robles.

El arriero y la peste

Por: Néstor Granillo Bojorges
México

Cuando el sol en el cenit caía a plomo sobre la áspera tierra. Apolonio Santillán, arriero de profesión, se volvió a encontrar con su amiga Macaria, apodada "la Peste". Ella siempre vestía de negro, con su inconfundible capuchón y capa oscura, ropas gastadas por la aridez de los tiempos, al igual que su largo vestido desteñido por el polvo de los siglos. Solo se le veían sus ojos hundidos, porque siempre se tapaba la nariz y la boca, con un velo de tul. Apenas se había desmontado de su yegua azabache, cuando llegó como alma en pena, Apolonio Santillán, ajuareado con sombrero de palma de "ixote", camisa de cambaya, calzones de manta y en rudos huaraches encorrellados, se apeó de su burro "canelo" y paró a su recua, conformada por siete mulas tordillas.

Él venía de Santa María "La Calera" Y ella regresaba de Tlaxcala de donde había dejado una gran mortandad, en el pueblo de Huamantla. Se miraron, ambos de frente, saludándose con una reverencia en forma de silueta. Ahí se encontraron los dos amigos solitarios, en el cruce de caminos, conformado por uno que venía del "Salado", para continuar a Villa Tezontepec, llamado también camino de las "Diligencias", y el otro, el Camino Real a Texcoco, que conduce a Puebla y Tierra Adentro, y al otro extremo que se dirige a Hueypoxtla, para continuar al norte e internarse a tierras chichimecas.

El cruce de caminos se ubica exactamente atrás del templo católico, que en ese tiempo funcionaba como cabecera de curato, con advocación a la Santa Cruz, doctrina administrada por frailes agustinos. Ese día el pueblo estaba como asustado y desolado, ni un alma se veía, nadie se apareció; era como un pueblo fantasma. Pintados los caminos polvorientos en color sepia, se respiraba el aire seco y se estremecía la tierra angustiada por la aridez del olvido y la falta de agua. Eran los primeros meses del año virreinal de 1620, después de la época de las congregaciones. Ese año fue de epidemias, que dejó mucha mortandad en Tlaxcala y otras poblaciones aledañas.

Apolonio el arriero, se volvió a encontrar después de algunos "ayeres", con su amiga Macaria, de apodo bien ganado como "la Peste". Porque ellos dos ya se conocían en tiempos ancestrales, y andando los dos en mancuerna sobre los caminos míticos y legendarios.
—Y ahora, ¿a dónde te diriges? —Le preguntó Apolonio a Macaria.
—Voy a Zacatecas, a "matar" a quinientas personas—. Dijo la "Peste".
Y sin más, cada quien agarró un camino opuesto, en medio de un silencio frío y tenebroso. Tiempo después, cuando ya había pasado media docena de meses y las lluvias ya hasta se iban a acabar, se volvieron a encontrar en el limbo de viejos recuerdos.
—Eres una mentirosa, me engañaste — le dijo Apolonio con reproche y en tono sarcástico. Ella no respondió, solo le sonrió con su rostro cadavérico
—¡Tú me mentiste! — Insistió Apolonio.
—No, yo no te mentí... — le contestó Macaria.
—Si, tú me dijiste que ibas a Zacatecas a "matar" a quinientas personas, y después me enteré que "mataste" cinco mil.

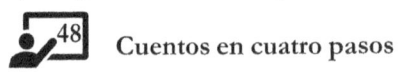

Cuentos en cuatro pasos

—No yo no te mentí, yo te dije que iba a matar a quinientas personas y así fue, y así lo hice, maté quinientas. Las demás... las mató el miedo.

Luego cada quien siguió su destino, de fingida complicidad caminando sin tocar el suelo, como flotando en las tinieblas.

Después de un largo camino, antes de llegar el ocaso, se perdieron en el polvo de los siglos sobre los senderos del olvido.

Cuentos en cuatro pasos

América Washbrum

Ecuador

América Washburn

Originaria de Guayaquil, Ecuador. Licenciada en Ciencias de la Comunicación (periodismo). Ha incursionado como maestra universitaria en las materias: Iniciación Literaria, Laboratorios y Talleres Audiovisuales. Le ha siempre apasionado escribir poemas y otros textos, en 2021, escribe una autobiografía de su niñez que se convierte en Best Seller en la plataforma Amazon: "El subconsciente - Relato de mis pesares". Narrativa de estilo psicológico y anecdótico de valiente pluma.

En el 2023 escribe un poemario: "Sentir Poético - Percepción de percibir". Pertenece a la Asociación Autoras de Vanguardia desde 2021 donde participó del taller "Cuatro pasos para escribir tu libro" con la Doctora Guanina Alexandra Robles.

Eran 12 años que llevaban casados

Por: *América Washbrum*
Ecuador

Camilla caminaba por las calles de Milano con "Sparky", su perro de raza, su hermoso "Shar pei". Milano la bella ciudad industrial más grande de Italia con un perfecto magnético lugar para artistas, fotógrafos y modelos. Los paisajes de la exótica ciudad no impedían que a Camilla siempre le ande dando vueltas en su cabeza como iba su matrimonio. Pensaba, siempre dando vueltas en su cabeza, lo bello que transcurrió sus primeros años en su hogar con Daniele. "Liliqueaba", ¿cómo ha podido cambiar tanto? A ella le daba la impresión de que no contaba para nada en su vida. Oraba en su interior: Dios ayúdame para salvar mi matrimonio, sobre todo para recobrar mi paz mental.

Camille era alta un metro setentaiocho, con una figura bien formada, su cabellera negra lacia, sus ojos color marrón, profundos y expresivos sus cejas muy bien definidas. Le gustaba vestir de negro lo que le daba un toque mucho más elegante. A Daniele le gustaba mucho el deporte, dedicaba mucho tiempo a ello era de una figura impresionante, apuesto y fornido, su cabellera gris resaltaba con sus hermosos ojos azules. Tenía un excelente vestir, casi siempre era formal, pocas veces deportivo, alto, de un metro ochenta y dos. Su piel era de un bronceado espectacular. Eran doce años que llevaban casados. Camilla y Daniele habían acordado tener un hijo después de cinco años.

Muchas veces se lo recordaba ella sutilmente, en diversas oportunidades. Ya sea en un almuerzo, o en una cena romántica que preparaba detalladamente. Siempre eligiendo el mejor vino tinto para Daniele. El prefería el vino denso, "corposo", como era "El Barolo", que deja un sabor especial en "la gola," (la garganta). Nada como un buen vino para degustar con un corte de carne especial de "Bovino adulto" con la "polenta" hecha en casa y tratar temas incomodos del matrimonio.

El clima se prestaba para este tipo de cena, era perfecta para la noche, vertiendo la harina de maíz, en su bella olla de "ramen", que había comprado. Al cocinar la misma, debía quedar densa, procurando que la llama fuese baja, durante cuarentaicinco minutos. Esta era una de las tantas cenas programadas, para hablar sobre el tema de procrear, de tener aquel ansiado hijo, era exhausta, deprimida. Su cane (el perro) "Sparky" era su fiel compañero, en esa soledad, depresión que la embargaba. Le pasaba las manos, acariciando sus arrugas a su bello Shar pei color caramelo y esa "ñata" rosada, que lo hacía ver tan gracioso. Abrazándole le dijo:

—¡Eres una gran compañía para mí! ¡Lo sabes! Te amo.

Las cosas iban tan frías que las pocas veces que podían estar juntos, Daniele siempre encontraba un motivo para disgustarse o no hablar por dos o tres días. Camilla estaba siempre dispuesta a pasar todo por alto, ya que ella no concebía la vida sin él. ¡Lo amaba!

Milano era preciosa, a ella le agradaba ver obras de teatro. Ir a escuchar a los sopranos era una maravilla: "Lorenzo Viotti, Stagione Sinfónica, Simón Boccanegra en el teatro Giuseppe Verdi, Teatro Scala balletto L'Historie De Manon Di Kenneth Macmillan".

Cuentos en cuatro pasos

Al inicio de la relación eran invitaciones frecuentes de parte de Daniele, ahora eran solo recuerdos. Todos estos detalles que la hicieron enamorarse de él, habían desaparecido. Ahora si lo hacía sería en compañía de amigos con el fin de salir, distraerse un rato... pero estaba atrapada en una burbuja de sueños creados solo en su imaginación. Pretender que una persona cambie, es irrisorio, eran demasiados años soportando un ególatra, narcisista, que solo había visto una grandiosa oportunidad, para someter a una mujer con carrera ascendente como la que desempeñaba Camilla. Sus padres, le aconsejaron que lo conociese primero, que no estaban en contra de una decisión de ella, pues desde muy joven le respetaban que era muy independiente. Pero esta vez había decidido casarse demasiado rápido. Por todo esto jamás se atrevió llamarlos para darles noticias de desagravio, cubría siempre la imagen de Daniele.

Trabajaba, hacía ya de diez años como "giornalista" (periodista), en un periódico prestigioso como lo era "Il Sole 24 Ore" (El Sol 24 horas). Sus colegas la llamaban cariñosamente la Editorialista "Number one", mejor remunerada, era desinhibida de su sueldo, por esto no dudo en comprar un bellísimo apartamento, ubicado en "Montenapoleone", lugar muy aristocrático en una zona, cercana al Duomo de Milano. Daniele, a su vez, era un empleado en una Agencia Inmobiliaria, su sueldo no era un gran qué (no era mucho), no colaboraba en nada en casa. Solía comprar solo lo que le apetecía a él, era un egoísta interesado. Muchas veces, cuando quería un préstamo de Camilla, se hacia el cariñoso un día anterior decía, esta noche, vemos un filme (película), preparó "Pop Corn" (el canguil).

Ella sabía que algo se traía en manos, pero ella, cual mendigo, se dejaba persuadir, por unas migajas de cariño. Todas las tardes después de las seis Camilla trotaba, alrededor de media hora, en el parque "Giardino Perego" para calmar un poco su ansiedad, el ejercicio y el aire que tomaba, hacían que su adrenalina fluyese, la disipaba en parte de sus temores. Su otro aliciente que tenía era refugiarse en largas conversaciones con su amigo Mateo, que era a escucharla, siempre disponible, sea al celular o en el bar más cercano. La amaba en silencio, eran amigos de toda la vida de juventud escolar, después universitaria.

Mateo se desempeñaba como Abogado, trabajaba en un Consorcio Jurídico, no era una inminente Abogado, pero hacia lo suyo, responsable, ayudaba a muchas personas carentes de dinero y tal vez por esto, no se destacaba como otros académicamente. Era hijo único, como Camille, y sus padres eran de una solvencia económica holgada y le habían dado ya una parte de su herencia a su hijo. Por lo tanto, Mateo no se preocupaba de impresionar como otros Abogados, porque estaba más para el prójimo, que para sí mismo. Los sentidos de Camilla nunca percibían ni daban prioridad a las virtudes de este joven tan cercano a ella, enamorado tan perdidamente de ella.

Estaba tan enamorado que bastaba una llamada para que él acudiese a calmarla y tranquilizarla. Siempre deseaba hacerla sonreír, no se atrevía decirle que la amaba porque era un caballero, que no se aprovechaba del momento, ni de la situación por lo que estaba pasando ella., actuaba respetando su matrimonio y deseos. A menudo dialogaban entre ellos así:

Cuentos en cuatro pasos

—Verás que pronto te dirá que concebirán a ese niño que tanto deseas, no te desesperes, ¡que te hace mal! ¡Mírate estas muy pálida!, Has perdido peso, si deseas concebir tienes que estar bien, ve al médico. Y comienza a prepararte.... ¿qué te parece "pimpolla"?

La llamaba así jocosamente riéndose un poco y cogiéndole las mejillas...

—Vamos, caminemos te invito a comer una deliciosa "pasta al cartoccio", es deliciosa en este Restaurant. Il Salotto di Milano (fideos con queso que al meter al horno se gratinan, se amalgama deliciosamente). De entrada, pediremos gamberi (los camarones) "in salsa di carcioffi".

—Si está bien,—dijo ella, mientras caminaban, añadiendo: — tienes razón, por eso acudo a ti, porque me llenas un poco, este vacío que me consume.

Cuando Daniele llegó de su viaje de trabajo, no le preguntó, ¿cómo la había pasado en esos diez días? Interminables días que habían sido para ella, llegaba y hablaba solo de lo suyo. Que, si de lo bien que la había pasado, que había conocido un lugar formidable, personas exquisitas y bla, bla, bla.

En la primera etapa de su matrimonio, Camilla se acercaba a él, buscando sus caricias y él, le daba unas palmadas grotescas en el hombro, como si fuese uno de sus símiles amigos, pero ahora solo predominaba la conversación distante y ajena. A la mañana siguiente de su arribo, Camilla preparaba el desayuno: huevos, jugo, mermelada, queso, café en servicio a domicilios hasta la cámara del dormitorio. Él, desde la cama, a sus anchas, le dijo en italiano:

Cuentos en cuatro pasos

"Dai, Cami, pórtame la colazione nel vassoio" (Vamos, Cami, tráeme el desayuno al dormitorio). Salgo más tarde de la habitación, debo hacer unas llamadas...

Ella se preparó en soledad y se despidió. Trató de darle un beso en los labios, pero él le ofreció la mejilla. Le preguntó esperanzada:

−¿Te espero para cenar?−Y el respondió con un simple "te llamo". Daniele no llegó a cenar y más aún ni siquiera la llamó, daban las doce de la noche, lloró desconsoladamente, esta vez lo hizo con mucha rabia y dolor. Se juró a si misma, hablando en voz alta voy a descubrir el significado de tu comportamiento hacia mí. Secándose las lágrimas se levantó en pie y tomo la decisión de llamar a Mateo, con urgencia, marco su número.

−Pronto, pronto, Cami, eres tú Pimpolla, déjame salir de este bullicio no te escucho.

−¿Dónde estás?−Preguntó ella.

−Discúlpame la hora, ¿habías salido?

−Si, sí. Sebastián, mi compañero de la "U", ¿te recuerdas de él?, me ha convencido, para salir y presentarme unas amigas.

−Qué vergüenza, no debí llamarte−dijo Camilla.

−No, no te preocupes yo estoy para ti cuando tú quieras.

−Gracias amigo,−respondió ella, agregando:−¿En qué lugar estás?

−Cerca de ti, si coges un taxi ahora, llegarías como en quince minutos, la dirección es Corso Sempione; en el bar "La Lucertola" (La Lagartija).−Dijo Mateo.

—Ok. Cuando este llegando te llamo.—Y le colgó.

En el preciso momento se preparó y se puso lista, con un vestido turquesa de un escote que hacía resaltar su maravilloso busto. Saliendo para encontrarse con su amigo Mateo, apareció en el umbral de la puerta del apartamento, Daniele. Lo miró altivamente, llena de enojos. Caminando hacia él, se desbordó con sentimientos:

—Te he soportado todos estos años en silencio, jamás una disculpa por tantos agravios, ni una caricia, siempre con evasivas cuando deseo abordar la conversación para que tengamos nuestro hijo...

—Ya basta...

—¡Debemos conversarlo ahora!

Danielle percibió en su voz y forma de hablar que esta vez era en serio. Él, respondiendo en un instante, con esa astucia que lo caracterizaba, la tomó en brazos y ahogándola con un beso le sello los labios y le susurró:

— "Chiquilla, somos jóvenes, podemos disfrutar aún. ¿No crees?

—No, no, no Danielle, hablemos en serio.

—Chiquilla, somos jóvenes.—Insistió.

Alzándola en sus brazos la llevó a la recámara mientras seguía besándola. Ya adentro, tirando su hermoso vestido desenfrenadamente. Cuando estaban listos para la consumación, ella susurró a su oído: estavez sin protección, amor, dame ese hijo anhelado; estoy ovulando. Él no pudo evitar decirle que no, porque, aunque no lo deseaba, las circunstancias lo atraparon. Y se dejó llevar.

59 Cuentos en cuatro pasos

Ella lo amaba, habían bastado estos pocos minutos para que se dejará influenciar nuevamente, se irguió en el borde de la cama diciéndole, deseo celebrar este momento, así es como me enamoraste, vístete, vamos a bailar por favor. Camilla sin pensar en las implicaciones le dijo: si quieres nos encontramos con Mateo, esta cercano en un bar, a quince minutos. Están con amigas que Sebastián ha llevado. Daniele sin preocupación mayor acepto la propuesta. Camilla no llamó a Mateo, como habían acordado, y no le preparo la sorpresa. Cuando ella entró acompañada de Daniele, los ojos negros intensos de Mateo miraron con inquieto asombro. Sebastián que sabia todo lo que él sentía hacia Camilla, comentó: ves te dije no le dijeras donde estábamos.

Las presentaciones se hicieron: Carolina, Anastasia, un gusto, placer. Camilla, Daniele, Brindaron por el encuentro, Mateo la amaba más que a nadie en el mundo y era complaciente de verla sonreír, pero la felicidad es efímera y duraría poco para ella. La música era adapta y Daniele en vez de invitar a su esposa a bailar, prefirió bailar con Carolina y le ofreció su mano a Mateo, asumiendo que sería solo momentánea la situación. Mateo, enredado en una acción que el mismo destino le deparaba, se acercó a Camilla diciéndole: estas feliz, estoy muy contento de verte sonreír, gracias manifestó ella. Paso casi una hora y Camilla noto que Daniele, su esposo, con Carolina estaban cada vez más lejos. Camilla, con euforia descontrolada, alzaba su copa una y otra vez diciendo con algarabía:

—¡Brindemos Mateo, brindemos!

—¡Basta!, no quiero verte así, vamos, bailemos… ¡tranquila!— Dijo él.

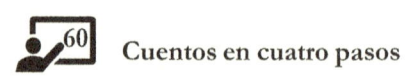

Cuentos en cuatro pasos

Su corazón latía tan fuerte de sentirla tan cercana a su pecho, jamás había estado así con ella. Daniele había desaparecido, Camilla se sintió relajada, y se entregó a sus brazos. La bebida la había puesto eufórica, bailaba tan apegada a Mateo dándose cuenta al fin, de lo bien apuesto y alto que era. Además, pensó en todos los demás y múltiples atributos que poseía, que muchas veces las mujeres no ven cuando están enamoradas del hombre que eligieron por esposo.

Al improviso le dijo:

—Bésame...

Los ojos negros de Mateo se abrieron enormes.

—¿Qué dices "pimpolla"? ¿Estás ebria?

—No,—dijo ella y añadió: —nunca me había sentido tan bien.— Y lo atrajo hacia si, besándolo.

—No puedo,—dijo él.—No debo hacerlo, esto no está bien.

Es que era un caballero, podría aprovecharse de la situación, pero eso no era lo que deseaba.

—Vamos,—dijo ella,—llévame a tu apartamento.

Él quiso balbucear algo, pero ella le puso los dedos en los labios:

—¡Sh, sh, sh! Por favor, no te sientas responsable, soy adulta no. Tomo mis decisiones.

—Si,—dijo el, débilmente.

Ella insistió en un abrazo enérgico y lo volvió a besar.

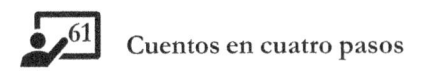

Cuentos en cuatro pasos

Entonces el cediendo en su amor interno le devolvió el intenso beso, complacido. Ella entregada a la situación le dijo:

—Trae mi cartera y di a los chicos que me llevas a mi apartamento. Hicieron el amor, ella con rabia y con dolor se entregó a Mateo. Pero él lo hizo con verdadero amor. Con el deseo de alguien que ama para siempre, besándole cada dedo de sus pies. La recorrió con la punta de su lengua delicadamente hasta arriba de su ombligo y bajando hasta su vulva la hizo gemir de placeres. Lentamente la penetró, una y otra vez, hasta envolverse en un ritmo desenfrenado. Hasta que pasó, lo que tenía que pasar...

Cuando regresó a su apartamento, el aún no había llegado, se dio un baño y suspiró. Extendiéndose, complacida dijo:

—Si quedo embarazada de mi tan anhelado hijo, no sabré si es de Daniele o de Mateo. ¡Que ironía!

En el fondo siempre había sospechado que Mateo sentía algo hacia ella. Pero, jamás hubiese imaginado que fuese tan tierno, sensual y que la amase de esa forma tan autentica mientras hacían el amor. No sabría cómo comportarse ahora con ellos. ¿Cómo actuaría con Mateo, cómo se comportaría con Daniele?, ¿qué debía hacer? Llevándose las manos a las sienes se visualizó lejos de ambos, vacacionando en las Islas Canarias, un tiempo al sol; dejando de cavilar y pensar más, se dijo así misma:

—Es una decisión justa.

Y se dispuso a preparar velozmente su equipaje.

Julia Pineda

México

Julia Pineda

Originaria de San Salvador Hidalgo, México. Lic. En Pedagogía, se ha desempeñado como: Docente, Directora y Asesora Técnico Pedagógico, en Instituciones de los Servicios Integrados al Estado de México (SEIEM). Escritora, poeta, embajadora cultural, productora y conductora radial de la franja cultural "Entre el Amor y el Dolor" de Satelite Visión y América Visión de Chile, conferencista internacional y critica literaria. Cuenta con 18 diplomados de especialidad en materia educativa, algunos de ellos realizados en la Universidad Anáhuac y el Tecnológico de Monterrey.

Nombrada presidente de la Academia Nacional e Internacional de poesía de la sede San Salvador Hidalgo México. Presidente de la Filial de México, del Colectivo Cultural Internacional Mosaicos y Letras, con sede en Córdoba Argentina. Convocada a la VI Cumbre Mundial por la Paz, donde recibió el diploma como embajadora de paz en el Congreso de la Nación Argentina, en septiembre de 2024.

Inesperado amor

Por: *Julia Pineda*
México

Desde las alturas, Julissa observa los racimos de montañas vestidas de un blanco brillante, que hierven en la espesa nieve. Salpican rumbo al cielo algunas copas de árboles gigantes, formando manchas verdosas entre la sábana blanca que cubre las prominencias de diversos tamaños, que se juntan dónde comienza el cielo. Son cadenas montañosas que dibujan a la perfección pirámides multifacéticas, se resguardan con toneladas de granos gélidos que conforman los Alpes Europeos. Por encima de ellas, un manto blanquecino que se entreteje con las cúspides que simulan movimiento cadencioso y perfecto como si fueran uno solo.

Los afilados rayos del astro rey, atraviesan sin contemplación todo el escenario perfecto que justo se fusionan, formando lazos mágicos donde nacen destellos, hilos de luz que complementan la obra de arte paisajista. La humareda gélida se esparce a lo largo y ancho del espejo encantador, hasta tocar las nubes que danzan cantarinas. Todo hace pensar en la perfección del universo como una creación divina plasmada en el lienzo del tiempo, es un regalo del diseñador eterno ¡Dios!

El avión se desliza por encima el océano, es imponente el azul celeste que se difumina donde comienza el sol. Se disipa entre las nubes blancas que simulan algodones que almacena ángeles recién nacidos en vigilia de la travesía de -

ese gran monstro motorizado que deambula entre los Alpes las mareas con cientos de personas, cada una de ellas a un destino incierto, con una historia personal, tal vez trágica o quizá romántica, posiblemente en desdicha o felicidad.

Julissa siente una gran emoción, tiene sentimientos encontrados, no se cansa de observar aquellos imponentes paisajes que había leído de Europa. Ahora lo estaba conociendo, retrocedía en los textos, se trasladaba a esa hermosa serie de "Heidi y el abuelo", caricaturas que veía en la televisión. La libertad que tenía esa niña cuando corría, por esos campos fríos de paisajes pintorescos, montañas nevadas que regurgitan humareda de hielo, soñaba algún día pisar el suelo europeo. Sus pensamientos traspasan la geografía y el tiempo, golpetean en el techo del cielo, galopan entre el verano y el invierno, es un momento de ensueño, va venciendo sus miedos en el vacío de los cielos cargados de sueños.

Era el 7 de abril de 2022 cuando el avión aterrizó en Francia, desde las alturas, Julissa y su amiga Luz, miraban con gran admiración esa gran ciudad blanquecina, se apreciaba perfectamente el Rio Sena, el avión empezó a descender, haciendo visibles cientos de luces multicolores que dibujaban la silueta de la mágica ciudad, la luna hacía de ese escenario, un mundo fantástico como de otra dimensión.

Las estrellas cintilaban en cadencia, vigilando la llegada de dos amigas que pisaron por primera vez esa paradisiaca ciudad de los sueños, en ese miércoles indeleble y celestial de incógnitas y silencios.

Julissa miró a su alrededor, mientras sentía el fresco del viento que tropezaba con su rostro estupefacto de júbilo. Empezó a tiritar, pero no era la emoción solamente, si no el frío, que sin ser intenso, hizo estragos en ella, necesitaba de su abrigo. A pesar de ser primavera, París se envolvía de oleajes de viento provenientes de algún punto cardinal. Tal vez de los Alpes Europeos.

Era un frio muy especial, alimentaba el deseo de sentarte en alguna cafetería, a orillas del Río Sena a saborear de un delicioso capuchino, acompañado de un "croissant". Esa tarde de primavera, daban ganas de correr por todos lados, entre las iluminadas avenidas y los palacios enigmáticos. Se sentía un vientecillo fresco en el rostro, que movilizaba la abundante cabellera de Julissa.

Era evidente la emoción que la embargaba, nunca había estado en Europa, por años había tenido ese sueño desde que vio una serie de Netflix, desde entonces colocó en su mente que algún día conocería España, Málaga, Marbella, Barcelona, después iría a Francia, especialmente conocer toda la magia de París, en ese momento estaba cumpliendo ese gran deseo.

Julissa muy confusa, ya no distinguía en que época del año se vivía en París, es lo de menos, tal vez sea primavera como en México o tal vez invierno porque siente el frio intenso. Un gozo candente invadía la tarde que caía sobre la ciudad de luz, como una sombra que asecha para cubrir las fantasías. Es el tiempo de recorrer los sentimientos y encontrar la verdad. La gente camina a prisa van en búsqueda de una nueva ilusión, de un día esperanzador o de un sueño abrazador.

Cuentos en cuatro pasos

Es la hora, hoy se llegó ese día, en esta tarde todo parece mágico, el ocaso se refleja en el río Sena, anuncia el delirio del sol, todo parece especial, pareciera que hay una fiesta. Al otro lado se observan los palacios en hilera, es como si nacieran y tuvieran su raíz en ese turbulento río de gran historia, de muchos sueños. Una cadena de árboles alborotados que trastocan la lejanía se dibuja como sombras que asechan, son como impactantes monstruos que divisan la belleza, la gente, la magia, el encanto de la desquiciada tarde magna.

Una gran cantidad de luces aparecieron, anuncian que la noche está presente, el yate nocturno está listo para hacer ese recorrido celestial, por entre la geografía del río Sena, los pasajeros van subiendo, cada uno envuelto en su propio yo. Julissa se aterra al creer que está en la profundidad de un sueño cualquiera, se detiene y levanta la mirada al cielo, cuestiona en la mente, si ha llegado al lugar correcto. Ella desconoce lo que le espera, tal vez una gran experiencia que le transformará la dirección de sus vientos. Camina lento entre la multitud de turistas explorando cada rincón de aquel escenario cautivador y de ensueños.

Julissa, es una mexicana moderna, jovial, madura, aparenta menos edad de la que realmente tiene, los años se estacionaron en los cuarenta, eso es lo que menos le importa, la intensidad de su vida, han hecho de ella una mujer fuerte, valiente, intrépida, llena de sueños que no tienen límites, está comprometida con la vida y como ciudadana del mundo. Su intelectualidad le dan ese toque de sensualidad que atrae las miradas, su actitud positiva, "enroladora" y resiliente hacen de ella un ser muy especial, además su personalidad conjuga con su manera de expresarse, su vestimenta es moderna, elegante y sensual.

Vulnerable ante el sufrimiento de los demás, es justiciera de nacimiento, disciplinada, innovadora comprometida con su patria. Su alborotada cabellera marca la diferencia entre lo común y la locura que la caracteriza. Es una apasionada del arte principalmente de la literatura, aprendiz permanente, viajera y andariega.

Muy cerca de ahí, al otro lado de la acera, también arriba a la ciudad Jorge, proveniente de Cuba, es un gran artista, ama el arte y la cultura. Es un hombre de estatura media con una personalidad impactante, tiene toda la facha de un intelectual, aparenta unos 40 años, en realidad tiene 50, su cuerpo delgado hacía lucir su "outfit" moderno y fuera de lo común: Pantalón de gabardina color beige, su impecable camisa azul claro, su chaqueta color camello, hacían juego con sus zapatos de piel y su cinturón de muy buen gusto, de repente usaba unas gafas negras y gorra con letreros cubanos, su aspecto casual le iba muy bien, tanto que captaba la atención cuando entraba al salón de convenciones o al restaurante. Solía ser muy carismático, amable, atento, servicial y cuidadoso de sus palabras, lo que hacían notar de inmediato que era un hombre sumamente culto, apasionado de la lectura y de las artes.

Jorge y Julissa, coincidentemente son dos amantes del arte, han llegado a París en búsqueda de nuevos aprendizajes y experiencias que fortalezcan su carrera, son intelectuales provenientes de países diferentes, aún no se conocen, pero el destino se encargará de ello, están a punto de dar el paso para hacerlo. Jorge es un corpulento hombre metrosexual, no es alto, es de estatura media, sumamente cuidadoso de su aspecto personal, impecable en cada detalle, cuidadoso de las palabras y observador a más no poder.

Cuentos en cuatro pasos

Julissa muy comprometida, estudiosa de todo aquello relacionado con su carrera de literata, deseosa de aprender más cada día, parece estar siempre en búsqueda de algo nuevo, que transforme su intelectualidad, cada día más.

Jorge nació en la Habana Cuba el 4 se septiembre de 1972 tiene facha de artista, nariz recta y pequeña, sus labios carnosos color rosados, tiene su mirada inquieta, ávida cómo de un niño en búsqueda de alguna novedad, es sublime orador, cautivador de sonrisas, extremadamente calculador, coqueto infinito, de gran sonrisa, su andar es recio, su seguridad hace juego con su aspecto. Su cabello corto sobresale sus ojos de embrujo y sus labios provocadores.

Julissa es seria, es una dama comprometida y apasionada de lo que hace, enamorada de la vida, tenía una forma muy peculiar de caminar, su charla era sumamente atrayente, ávida de aprender de los demás, es analítica de las opiniones de todos, su carisma sociable conquista las amistades con facilidad, cuidadosa de la sanidad física, emocional y principalmente espiritual. Se alimenta saludablemente, se ejercita, pero igual goza de los antojos y de la gastronomía de otros lugares, es una trigueña bajita de estatura, muy modosa de piel suave, resbaladiza, sus labios sensuales desbordan mieles, sus ojos grandes expresivos y eléctricos hablan antes que ella. Julissa estaba cumpliendo uno de sus más grandes sueños, conocer esa ciudad que atraía a tantos personajes de la historia: escritores, cineastas, músicos, actores y muchos más. Algo tenía París, esa emblemática ciudad, escenario de la luz, designada la capital de Francia, un bello lugar contrastante por la perfección de su arquitectura, que seduce al más exigente espectador.

Una ciudad extremadamente mágica, cautivadora de las más escondidas emociones, su belleza extravagante, sin igual, destaca edificios hermosos, la Torre Eiffel, Notre –Dame, el Arco del Triunfo, La ópera Nacional de París, El Museo de Louvre, el Rio Sena designado patrimonio cultural de la humanidad, entre muchas más. Enamora a primera vista, no en vano es la cuna de antiguas reinos y señoríos, por ello abundan los palacios, murallas edificios impactantes, muchos de ellos construidos a orillas del río Sena, lo cual hace de París el escenario perfecto de una obra de arte, lugar que adopta un estilo de vida muy especial. La calidad de vida es más que evidente, peculiar, pues conjuga, la misticidad, la historia, la cultura, las artes que, en conjunto, conforman el destino perfecto.

El sol empieza a sentirse debilucho y dan ganas de una caminata por toda la orilla del río Sena, una caminata larga acompañada o en soledad, haciendo un monólogo similar al de James Joyce, profundo, desde adentro, de esos diálogos que arrinconen el cuerpo para hurgar entre los recuerdos y encontrar entre el montículo de eventos, dónde han quedado pedazos de tu versión original, creo que se puede convertir en un viaje sagrado, en la seguridad que encontrarás vestigios del pasado, eso que ha ido modificando la esencia misma del ser, hasta convertirte en un diseño recubierto, lleno de miedos, capas de silencios, que en algún momento saltan para ponerte en actuación de un personaje, de alguien que originalmente no eres tú.

Julissa ha llegado ahí, entre tanta gente, escucha sonidos diversos, llama su atención una música suave, que parece venir del cielo. No es un sonido proveniente de una tradicional cafetería, con la invitación de sus mesas y sillas, se escucha intensa la melodía, creo que es parisina.

Cuentos en cuatro pasos

Se suma a ella el olor de café intenso "expresso" o talvez un late, capuchino acaso, es lo de menos. el frio cala los huesos. Es un espacio que atrae, que invita a sentarte mientras te sumerges en los recuerdos, hay un aire melancólico, inusual, las paredes de pinturas antiguas despiertan el deseo de conocer todo lo relativo a ese encantador lugar oloroso de café y de otros tiempos.

Julissa se quedó un largo momento, contemplando las luces de aquel extravagante palacio, no podía creer que era solo uno de tal magnitud, abarcaba una gran longitud del Sena, era el Museo De Louvre, una imponente fortaleza, creada en la edad media por el Rey Felipe Augusto, cuya principal función fue reforzar la seguridad de París.

Al siguiente día era la oportunidad de visitar ese emblemático Museo de Louvre, ¿acaso le impactará, la famosa pintura de Leonardo da Vinci? un cuadro famoso que adquirió el Rey Francisco I de Francia en el siglo XVI. Julissa ¿Le intrigará la verdadera historia de la Mona Lisa?

Todo iba lento, Julissa no terminaba de admirar todo ese horizonte diseñado en perfección, es como si la magia del viento aprisionara sus manos, de pronto, algo apresuró sus pasos, todo se llenó de luces incandescentes, se abrió el cielo en medio de la noche, las estrellas estaban en todos lados, vio la vida que merecía, las oportunidades escondidas, encontró las respuestas anheladas, era Dios mostrando sus manos.

Poco a poco peldaño por peldaño, escalando alto, olvidando cualquier cansancio, arriba estaba el regalo, en el último viento, ahí donde te espera aquel que toda una vida ha vigilado tus pasos.

Al siguiente día colorido, marcado por la línea de la vida, día enfebrecido, orgásmico, tentador, era como un espejo, como una tablilla de escritura antigua, nunca visto. Se abrieron las glorias, las puertas del alma, ahí estaba, la emblemática Torre Eiffel, Julissa ardía al avanzar cada paso, cada escalón de los 300 que son para llegar a la punta de esa imponente estructura metálica con tanta magia, con tantas historias. Se preguntaba de dónde sacaron tanto herraje para su construcción. Quería saberlo todo, tomó un folleto expuesto en la cafetería de la Torre y tranquila se sentó para la investigación, saboreando una delicia parisina.

A la cima de la Torre Eiffel, en el último piso, a la hora exacta, desde ahí se aprecia la belleza del río Sena, la majestuosidad de los palacios, parecen crisoles diseñados multicolores, toda cuelga de manera perfecta, es el paisaje que adorna el propio universo, hasta los árboles parecen sonreír, mostrar una mueca de discreta y melancólica apariencia. Los yates lucen diminutos, como juguetes fantasiosos de los cuentos o de los mitos griegos. Las avenidas son como laberintos del tiempo.

Es momento de respirar el aire fresco de las alturas de hierro, es el minuto del brindis con champagne. Julissa levanta la copa en el viento, luce el triunfo en su sonrisa, está entre cientos de seres que celebran sus recuerdos, sus emociones, los amores perdidos, las fotografías estacionadas en el tiempo, las horas venideras, la vida pasada, el presente, el futuro, no se sabe, solo disfrutan el momento, en medio de esa Torre que encanta, que conquista el alma de todas las naciones y atrapa cada célula del cuerpo.

Fue un día demasiado intenso, Julissa hurgó desde adentro de sí misma, se cuestionó y encontró respuestas.

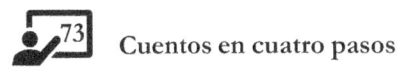

Diciéndose a sí misma, nada es para siempre, justo, así como dice en Eclesiastés del 3 al 4: "Todo tiene su tiempo y todo lo que se tiene debajo del cielo tiene su hora, tiempo de nacer, de morir, tiempo de plantar y tiempo de arrancar lo plantado". Pensaba... ¿y se ha llegado mi tiempo?, aprovecharé cada momento de mi vida, para transmutar mis experiencias adversas en cosas útiles para mí, para mi familia y mi sociedad. Estos momentos son míos, únicos y quiero vivirlos sin culpa, exclusivamente para mí.

Julissa entro al amplio salón donde se llevaría a cabo la convención de artistas: de inmediato se percató de la intensa mirada de Jorge. Ella sonrió discretamente. Él se acercó:

–Hola, Julissa.

–Hola Jorge, tanto gusto.

Como si se conocieran de antes, es que habían leído el nombre en su gafete. Ambos experimentaron sensaciones como nunca les había sucedido. Dicen que se conocieron de antes, en otra vida, en otra dimensión.

Desde que Julissa y Jorge coinciden en esa convención de artistas en el palacio Opera Garnier, sus miradas se cruzaron inevitablemente, un amigo los presenta, pero cada uno va con su pareja, él, con una novia ocasional y ella la acompaña un amigo apasionado del arte. Jorge la observa todo el tiempo mientras están las exposiciones, queda cautivado por su inteligencia y su sensualidad, se enamora de ella desde que la vio, ella se percata desde el primer momento en que se conocieron, Julissa sintió una especial emoción.

A Jorge le sucedió lo mismo, pensó en esa mujer que meses antes encontraba en sus sueños, y cuando la vio, supo que era ella. Julissa observa que no tiene una buena relación con su acompañante, pues discuten constantemente:

Julissa se apasiona por el tono de su voz, no pierde palabra mientras él habla, se graba en su memoria ese tono tan especial. Hay una fuerte conexión entre ellos aún sin conocerse.

La vida los vuelve a juntar en el espectáculo nocturno de Moulin Rouge. Julissa llega con su grupo de amigas dispuesta a pasarla increíblemente. De pronto, siente un brazo en su hombro.

−Qué gusto volver a verte−. Dijo Jorge.

−Si qué gusto, encontrarte aquí−. Respondió Julissa.

Ambos toman champagne, brindan de lejos, el busca la oportunidad de cruzar palabra con ella, pero no es posible, quedaron cautivados desde el primer día en que se conocieron. Cada uno regresa a su país, pasado un par de meses, un buen día ella recibe una llamada, es Jorge que le platica que quiere charlar con ella, ha terminado con su anterior pareja, casualmente ella está sola y ahí comienza una historia de amor apasionado e intenso.

−Hola mujer de mis sueños, al fin te encuentro−. Dijo Jorge.

− ¿Jorge? Esto es un milagro. ¿Cómo estás? − Preguntó Julissa.

Desde esa primera llamada, los besos virtuales sobraron, se comprometieron, e hicieron planes para encontrarse, había una magia espelúznate, se sentían enamorados como si hubieran estado juntos por muchos años, se confesaron todos los imaginarios de sus tardes, se gustaron, estaban enamorados desde las miradas en París. A los 70 minutos de dialogo lo habían dicho todo, querían casarse, estar juntos por doscientos años, añoraban ese encuentro.

Hablaban sin perder un momento por muchas horas, de noche, madrugadas y días. Se necesitaban, se deseaban como el aire, como el agua, como el sueño.

Su primer encuentro fue una cena a través de video llamada, su velada fue de lo más romántica, con velas, vino y música, bridaron por la vida, por la coincidencia de su encuentro, bailaron salsa, cantaron juntos, lloraron por la felicidad que experimentaban aún sin tocarse. Eran las tres de la mañana, de pronto le pidió que extendiera su mano y sacando una sortija de su bolsillo. [¿Quiénes casarte conmigo mexicana?] Julissa se quedó atónita, se sintió entre un puñado de fumarolas rodeando su cuerpo. Cierra sus ojos y da un si... para siempre.

Seis meses después, entre espasmos de lujuria, emociones encontradas, Julissa llegó al aeropuerto Internacional de México. Todo estaba planeado, se sentía errática, su corazón se exaltaba, temblaba esperando la hora de ese encuentro tan esperado, sus nervios la traicionaban, se metió al "Starbucks", saboreó un sorbo del café, cuando de pronto sonó el celular, a unos metros estaba ya, tras las ventanillas de la cafetería, lo estaba mirando y no podía contestar. Jorge había llegado para dar cumplimiento el sueño de amor tan esperado, la boda era en siete días después de ese día tan especial en que juntaban sus cuerpos, sonreían, 70 minutos de conquista, se convertían en una realidad inaudita, juntos, para toda la vida.

FIN

Verónica Torres

México

Verónica Torres

Es de origen Mexicano con residencia en Estados Unidos. Autora del Libro: "Ámate como Eres - Sin Límites", en abril 2021.

En 2023 se unió a la Asociación Internacional Autoras de Vanguardia participando en el II Congreso Mundial de Autores y en la Feria del Libro en Las Vegas, Nevada, E.U. Colaboró como Gerente de Finanzas en dicha asociación.

Participó en el Taller "Escribe tu cuento en cuatro pasos" por la Doctora Guanina Alexandra Robles; dónde escribió la el cuento "La cartera tesoro invaluable".

Invitada a la feria del Libro en Phoenix, Arizona, donde asistió a la conferencista "Tocando Vidas" impartida por Eva Otero.

Participó en "LIBER24" en la Feria Internacional del Libro en Barcelona, España, así como la participación de Las Vegas Book Festival 2024.

La cartera tesoro invaluable

Por: Verónica Torres
México

Desde la cálida penumbra de su tierra natal Etzatlán, Jalisco, donde el sol acaricia los campos dorados y las risas resuenan entre los caminos empedrados. Se aleja un alma entre suspiros y sentimientos encontrados, las sombras de los árboles abrazan su partida y las hojas danzan en el aire, entonando la elegía de un adiós poético de su pueblo. Las maletas llenas de historias por vivir descansan junto a un hombre con un corazón nómada, mientras aguarda en el aeropuerto, listo para abordar su avión, el andén se convierte en un escenario de despedidas con abrazos que se entrelazan en anhelos; así se despide de toda su familia en México.

Marcel entusiasmado emprende un viaje, se embarca en un peregrinaje hacia el enigmático encanto de París, Francia. En su mirada se espeja un universo lleno de asombro. Ya en tierras francesas entre el susurro de los idiomas que fluyen como ríos convergentes, se dirige hacia la estación del tren donde aguarda como un puente entre mundos, entre la familiaridad de su patria, la promesa de descubrimientos y expectativas en aquella cautivadora ciudad. Marcel asciende al tren, aquí se abre un portal hacia un capítulo nuevo en el tapiz de su existencia donde se escribe con cada latido de las ruedas que serpentean los rieles. Su llegada a suelo lejano, lo lleva a emprender su aventura en el corazón bullicioso de la Ciudad de la Luz, donde el aroma del café se entremezcla con la elegancia de la arquitectura Parisina.

Un soñador errante, un turista que pasea por las orillas del Río Sena, que se encuentra al lado de la Torre Eiffel, un lugar visitado por millones de personas, Marcel va caminando con su cartera en mano llena de ilusiones, se dirige a comprar un delicioso café, cuando de repente, ¡su cartera no está! Se extravío en el vaivén de la multitud, con el corazón desbocado, experimenta un ataque de nervios a darse cuenta de la magnitud de su pérdida.

Inesperadamente se desenvuelve la tragedia. Como un poema roto en el aire y vive un momento de caos entre las penumbras de la torre Eiffel, imponente y testigo del infortunio. Ésta, se alza en la distancia como un faro que ilumina el embrollo momentáneo. El torrente de gente parece arrastrar sus esperanzas lejos de su alcance y con su espíritu apasionado y desorientado, se ve atrapado por perder no solo una cartera, sino un pedazo de su viaje, repleto de recuerdos y sueños.

Las sombras Parisinas parecen cerrarse sobre el mientras la realidad se desdibuja, creando un torbellino emocional en medio de la elegancia de la Ciudad. Marcel ansioso quiere recuperar su cartera, no solo por sus pertenencias materiales, sino porque dentro de ella guarda una carta de amor escrita por su abuela, una conexión real con su pasado y una fuente de consuelo en sus viajes.

Su corazón latiendo fuerte quiere encontrar calma en medio del desconcierto que el siente, y así empieza a circular entre las calzadas y plazas.

Marcel inicia su odisea en busca de su cartera y la tranquilidad perdida en los pasadizos Parisinos. Trata después del caos recobrar un poco de compostura, aun se sumerge en una búsqueda intensa.

Cuentos en cuatro pasos

Sus pasos se entrelazaban con luces destellantes de la ciudad. Su espíritu se convierte en un navegante de estrellas, buscando constelaciones de esperanza, reflexionando en la cartera con su contenido invaluable, se convierte en un símbolo real de las conexiones afectivas que se deslizan entre los dedos y su memoria, generando un conflicto más allá de lo material. El suspenso crece a medida que Marcel imagina que la cartera pudo haberse extraviado con su distracción en el bullicioso del café junto al Sena, o tal vez se la arrebataron, no lo comprende con su mente turbia.

Súbitamente Marcel deambulando por los senderos cercanos se encuentra con un vendedor llamado Étienne, un joven de mirada astuta y semblante tierno, le indica la dirección que a lo mejor tomo un ladrón furtivo, así Marcel continua su travesía y en la plaza se encuentra con una anciana de sabiduría acumulada y sensación de inteligencia suspicaz, le cuenta sobre un músico que podría haber visto algo. Marcel se dirige hacia la glorieta. En su investigación encuentra un rastro de pistas cruciales que lo llevan por caminos estrechos y animadas villas.

Las señales lo dirigen cada vez más a sentir su soledad y así angustiado sigue las indicaciones del vendedor y la anciana. Súbitamente debajo del farol, se encuentra un recibo de compras que realizo en un establecimiento cerca del río y a su lado una postal en el escalón del olvido con la imagen de la Torre Eiffel.

Se sumerge en la tarea titánica de reconstruir mentalmente sus últimos pasos, como arquitecto de recuerdos desmoronados, en el lienzo de la memoria, pincela momentos perdidos trazando una ruta de su propia historia. Cada suspiro es una brisa que intenta despejar en el silencio de su alma perdida en resiliencia. Así entre las ruinas de su misma confusión.

Cuentos en cuatro pasos

Marcel se dirige hacia el musico, este encuentro se convierte en el eslabón perdido en su dolorosa osadía, en esta ocasión Marcel se enfrenta a su situación difícil vulnerable a su fragilidad del desafío al encontrarse lejos de su tierra natal y se afloran todas sus emociones. La escena está cargada de expectación, donde la tensión se vuelve palpable, mientras que Marcel con su corazón a mil por hora y su pecho convertido en el eco de un tambor, le hace preguntas esenciales al musico.

El cual le dice haber visto algo merodeando cerca del en el preciso momento que él tenía su crisis de histeria. Las notas melodiosas de la ciudad se vuelven más intensas a medida que el músico revela que vio un ladrón escapar con la cartera, corriendo hacia un abismo de nada entre los faroles de la ciudad. Con esta revelación Marcel agobiado camina sin rumbo entre las sombras de un andador, de acuerdo con los datos informativos del musico, se encuentra con el ladrón cerca de allí y confronta al carterista bandido.

Un instante mágico emerge cuando, de manera asombrosa, la persona revela su verdadera intención que era devolver la cartera. Un imán invisible, la carta de amor escrita por la abuela de Marcel, fue la fuerza que guio este acto, convirtiendo un encuentro casual en un capítulo encantado bajo el cielo de París.

En el caleidoscopio de la vida, tal ladrón no era más que una diosa de ébano y marfil, con un aura que teje encantamientos. Una figura como esculpida por el mismo susurro del viento, en esa noche callada. En sus ojos reposa una profundidad inigualable, como pozos de misterio, en un abismo, cual se reflejan en las pupilas de Marcel. Cuando alcanza sus ojos, él discretamente sonríe.

¡El ladrón resultó ser una mujer cautivadora que le devuelve su cartera extraviada! La travesía de Marcel toma un giro sorprendente. Que asombro más glorío so envuelve su corazón al recuperar su tesoro perdido e invaluable. Marcel, aliviado y conmovido, por tal suceso abraza su billetera. Es como si el tejido mismo de la ciudad se reconfigurara para revelar la capacidad de reconciliación que anida en el rincón del callejón. Este inesperado retorno más que la devolución de posesiones materiales personaliza la restauración de la fe y credibilidad en la bondad intrínseca de las personas. La carta de amor ahora impregnada de la historia inesperada se convierte en un significativo símbolo de la existencia. París con su aura eterna, sonríe recordándole a Marcel que cada perdida puede convertirse en un capítulo imprevisto en su viaje a la ciudad iluminada.

Marcel con la cartera entre las manos, encuentra en su interior no solo la carta de su abuela, sino también una carta escrita por Amelie, aquella joven que, compartiéndole sus propias experiencias y enseñanzas de su supervivencia, impacto a Marcel con su belleza mística excepcional. En ese instante, la doncella ante los ojos de Marcel, le revela que ella misma fue quien inadvertidamente recogió su billetera para protegerla de posibles robos en aquel tumulto.

Y por eso, lo seguía sigilosamente por toda la ciudad, Marcel descubre que la portadora de su fortunio perdido es la misma alma amable que adorna la plaza Parisina con la calidez de su presencia. Sintió una sinfonía en su pecho, haciendo que su corazón latiera con intensidad en un éxtasis de palpitar compartido. Marcel conmovido por aquel suceso en su historia, le dice a la muchacha estas palabras sencillas sirvan como eco de mi agradecimiento, tu generosidad es como un faro en la penumbra que ilumino mi sendero perdido.

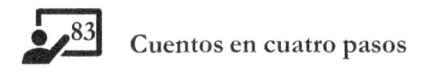

Cuentos en cuatro pasos

La sorpresa y el magnetismo del corazón inundan el aire mientras Amelie explica que a veces, en medio de la pérdida se encuentran conexiones inesperadas que enriquecen el diario vivir. Marcel siguió su transitar en esa ciudad encontrando una amistad verdadera y transcendente con gente que haría su viaje más ameno, Étienne, el joven vendedor, La anciana, el músico y la mujer misteriosa Amelie, se reúnen para convivir, se sientan a la orilla del Río Sena a divagar ente risas sus historias, un encuentro fascinante donde destinos de entrelazan. Marcel decide quedarse con este grupo de almas dispares destinadas que la casualidad del destino los cruza para unirlos y juntos iluminar como estrellas fugaces en la oscuridad a la romántica noche de París. Tejiendo su amistad con un abrazo eterno e indisoluble que desafía las dimensiones del tiempo y el espacio. Particularmente con la mujer que ha saqueado su valioso corazón, llevándose consigo la fortuna latente de sus emociones.

Marcel encuentra la paz que necesitaba en su viaje, allí en esa noche sus ojos se fundían como perlas brillantes hacia la torre Eiffel, con Amelie a su lado y con su sonrisa serena ve su cartera como un tesoro invaluable más preciado que nunca, jamás, podía pensar llegar a tener. A la vera del Río Sena, como testigo mudo de confidencias danzantes y encantos que brotan de las perdidas, se despliega un escenario donde la resiliencia de un viajero, extraviado por un fugaz instante, al perderse en un ¨tris¨, se encontró así mismo, y, tal vez, al amor de su vida, quien se revela como un renacer entre los versos secretos de la ciudad de la luz, la bella París. Mientras guardaba al fin su cartera dentro del bolsillo de su pantalón se preguntaba en su interior mientas se adentraba en sus pupilas serenas: ¿Podía ser Amelie el faro de París que guie mi alma errante y cansada hacia la serenidad que anhelo?

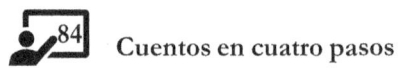

Gabriel Fiallos

Honduras

Gabriel Fiallos

Nace en un pueblo mágico llamado "Valle de Ángeles", en Honduras. Ingeniero Industrial de Profesión, con Maestría en Administración de Proyectos. Apasionado por las letras desde 2001, cuenta con 8 libros publicados y otras obras que mantiene inéditas.

Desde 2021 se dedica a la gestión cultural, fundó La Editorial y Colectivo Artístico denominado "El Tintero Catracho", con el cual ha llegado a los 25 títulos publicados con esta antología "Cuentos en cuatro pasos".

Ha participado en diferentes encuentros literarios de forma virtual y presencial; ganando experiencia como gestor cultural, narrador, poeta, editor y afiliado otros colectivos culturales, que le permiten ejercer como embajador y representante hondureño.

Miembro y directivo de Poesía Mundial, Embajador de Arte Poética Latinoamericana, Miembro de Voces Hidalguenses, Letras Latinas, entre otros.

La casa en el árbol

Por: Gabriel Fiallos
Honduras

Un encuentro casual, puede ser inolvidable y quizá convertirse en algo más, pero si ninguno tiene intenciones de exponer su corazón, lo más probable es que termine como una hoja de papel arrugado, en un basurero, eliminado para siempre, de sus recuerdos y volverse inexistente.

En las afueras del Lago de Yojoa, en Honduras, hay un restaurante que prefiero omitir su nombre, no es relevante, porque no es el único que tiene árboles frondosos, acondicionados como casas, para que los turistas puedan subir y apreciar la vista, recrearse, esconderse, hacer cualquier actividad lúdica o fatalista; cuando eres observador, descubres que la gente a un lugar insignificante, le pueden dar un valor único, singular y bastante original.

Como era el caso de Gina, quien solía visitar aquella casa del árbol, aunque de forma esporádica, mantenía la misma rutina, pedía un café en vaso desechable, tomaba un libro del mostrador y regresaba un par de horas después a devolverlo.

Para los dueños del local no era algo que les generara preocupación, más que nada porque Gina llegaba a las 10:00 a.m. y las 3:00 p.m. La afluencia de clientes en este horario es la mínima, es de suponer que solo buscaba un horario tranquilo para leer sin interrupciones.

Lo cierto es que, a Gina, no le gustaba leer. Ella solía subir a la casa en el árbol a descargar su frustración, llorar, apretar sus puños y desconectarse del mundo. Cuando otros visitantes llegaban, fingía que estaba inmersa en sus pensamientos, gesticulaba para que sus emociones fueran acordes a la lectura, para confundir a los que pesquisaban en sus asuntos.

Un día, tuvo que sostener el nudo en su garganta, porque había una persona invadiendo el espacio que ella solía ocupar. Se acomodó en un escalón sobre sus piernas, estropeando el paso sin abrir el libro y no pudo contener el llanto.

—¡Disculpa! Es evidente que no te sientes bien. ¿Puedo hacer algo por ti?

—Estás en mi espacio favorito...—Murmuró Gina, secándose las lágrimas y apartando los rizos de los cabellos del rostro.

—Sabes, pensé que era un buen lugar para lanzarme al vacío,— dijo él, — pero viéndolo bien, es muy probable que sobreviva... así que te lo concedo.

— Si encuentras el lugar, es evidente que nunca más nos volveremos a ver, o es posible que el destino se oponga a que nos volvamos a encontrar.—Aseveró Gina, sujetando su antebrazo y mirando fijamente sus ojos azules, nublados de tristeza.

—Me llamo...

Gina, se abalanzó y cerró sus labios con un beso, él, se aferró a su cintura, para mantener el equilibrio y no desplomarse juntos por los escalones.

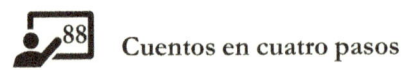

Cuentos en cuatro pasos

Sin importar los espectadores, continuaron el arrumaco de besos y caricias, omitiendo palabras, dejando al instinto carnal apoderarse, ella acariciando su cabello y apretando su espalda, él, mordisqueando sus pechos y apretando sus muslos. En una danza frenética que los acercaba cada vez más al coito, con la premisa de ser descubiertos, la felación y penetración se llevó a cabo y todo de forma tan espontánea.

Una fresca brisa sacudía las ramas del árbol, el reflejo del sol en el lago se acercaba al mediodía, mientras otros visitantes estacionaban sus vehículos, el guardia hacia ronda muy cerca y giraba instrucciones del reglamento, para el acceso del grupo que pretendía subir a la casa del árbol.

Cuando subieron a la copa del árbol, encontraron a Gina inmersa en su libro, ella se hizo a un lado para permitirles el paso; el amante misterioso estaba acomodándose la camisa dentro del pantalón y haciendo unas "selfis" con el teléfono en el otro extremo. A simple vista, nadie podría argumentar que ellos se conocieran y menos sospechar lo que había pasado unos minutos antes; ya que, al ser invadido el espacio, aquel extraño aprovechó para escabullirse, sin dejar rastro.

Gina, estaba sonrojada, no era para menos, por poco la descubren teniendo relaciones sexuales con un extraño. Trató de ocultar el rostro en el libro y por ese motivo, tampoco pudo ver por última vez a su amante escapando del lugar, como un fugitivo. Cuando le pasó la euforia, comenzó a extrañarle, buscó su rostro entre todos los transeúntes de la casa en el árbol: en el parqueo, en todo el edificio, pero ya se había marchado.

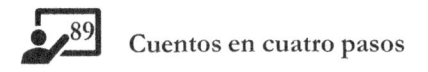

Cuentos en cuatro pasos

Pasó el tiempo, Gina, frecuentó esa casa en el árbol, con la esperanza de volver a encontrarse con aquel amante anónimo, siempre pensó que la breve conversación relacionada con el suicidio había sido una broma, se aferró a la idea de que sus destinos se convirtieron en líneas paralelas; incluso ella, sigue creyendo que lo ha vuelto a ver, pero es posible que haya olvidado su rostro.

Desde aquel encuentro furtivo, sus penas son sacudidas por la brisa que arrastra la hojarasca, se detiene a observar a los visitantes y se imagina innumerables desenlaces, desafortunados como el suyo, historias que nunca logran germinar.

Fin.

Judith García Sánchez

México

Judith de Jesús García Sánchez

Nació en la Ciudad de México en 1984, médico especialista en Medicina Familiar, egresada de la Universidad Nacional Autónoma de México, Directora del Centro de Actividades Múltiples desde 2016, centro cultural que dio pie a incursionar en el mundo de las letras; desde 2021 ha sido colaboradora en la Revista "La tinta", participando además en una Antología de microrrelatos resultado del curso "El universo creativo en pocas palabras" y en la Antología de cuentos "Cuentos para arrullar la luna" en 2023. Participó del taller "Estructura dramática espinal dorsal de la narrativa" impartido por la Doctora Guanina Alexandras Robles durante el segundo encuentro internacional de escritores de "Letras Latinas" en Reyes Acozac, Tecámac México, donde desarrollo el cuento "La cura", que es parte de esta antología.

La cura

Por: Judith García Sánchez
México

Gerardo era el único médico de la familia, desde pequeño había despertado ese interés hacia la medicina gracias a su bisabuela, a quien todos de cariño le decían mamá Gertrudis; una viejecita de unos 80 años, de estatura baja, muy delgadita, cabello cano, siempre peinada de dos trenzas que caían sobre sus hombros, reconocida por ser la curandera de Yohualichan, un pueblo enclavado en la sierra de Puebla en México; con casas de adobe y techos de teja, sus callejuelas empedradas, sus habitantes vivían en un ambiente tranquilo y acogedor acompañados del singular olor a café, propio de los cafetales de la región.

Durante las vacaciones Gerardo acostumbraba a visitar a su bisabuela casi todos los días, este año no era la excepción, salió de su casa muy temprano y caminó por la calle vistiendo una playera, su pantalón de mezclilla y unos zapatos ya desgastados. El olor a humo anunció que estaba a punto de llegar. Entró por la reja de madera, atravesó el jardín, hasta llegar a una pequeña cocina hecha de madera. Al lado izquierdo había banquitos del mismo material para recibir a las visitas, del lado derecho, una mesa ya apolillada, con varios trastes de barro, ollas de peltre y otros utensilios de cocina. En la esquina estaban varias repisas de madera con muchos frascos de vidrio, con hojas y flores secas, le seguía otra mesa más pequeña donde había más hierbas, en la otra esquina estaba mamá Gertrudis frente al "Tlecuil" haciendo alguna infusión o algún remedio para sus enfermos.

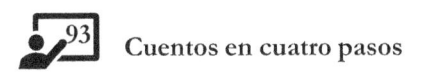

—Buenas tardes, mamá Gertrudis, ¿Qué está preparando?

—Es una pomada con Tepezcohuite, sirve para curar las quemaduras; ayer vino don Fulgencio, se quemó la pierna con agua hirviendo, necesitará bastantita para que sane.

Gerardo se mantenía muy atento a lo que, hacia la bisabuela, ella le iba explicando para que servían todas hierbas que tenía en los frascos de vidrio, en otras ocasiones lo llevaba al jardín donde tenía más plantas, para sus remedios.

—Muchas plantas se parecen, mamá Gertrudis, como le hace para no confundirse.

—¡Ah!, Pues si observas las hojas son diferentes, algunas son brillosas, otras más opacas o como las de "boldo" que tienen pequeños puntitos, además cada planta tiene un olor único.

Viendo el interés de Gerardo, a la bisabuela se le ocurrió que su bisnieto empezara a hacer un "Herbario" y así poder conservar lo que ella le enseñaba.

—¿Y qué es un herbario, mamá Gertrudis?

—Es un libro donde irás describiendo las características de cada planta, para que sirven y como se utilizan, es importante que lo hagas con mucho cuidado, porque algún día eso te servirá para curar a la gente.

Con mucho empeño, Gerardo puso manos a la obra, todos los días iba trabajando en su libro, plasmando en cada hoja, las indicaciones de su bisabuela.

94 Cuentos en cuatro pasos

Con el paso de los años, las visitas de Gerardo a su bisabuela, se hicieron menos frecuentes. Gerardo entró a la preparatoria a la ciudad y en sus tiempos libres prefería salir con sus amigos. Al recibir su carta de aceptación a la Facultad de Medicina en la Ciudad de México, fue a darle la noticia a mama Gertrudis. Ella como siempre estaba en su cocina, sentada en una silla de "mimbre", machacando unas flores en un molcajete y le dijo:

– ¡Mamá Gertrudis, le tengo una noticia, voy a estudiar medicina!

Mamá Gertrudis esbozó una sonrisa, dejo sus labores, limpió sus manos en el delantal y lo abrazó.

–Me alegra mucho por ti, aprenderás mucho en esa escuela, pero recuerda lo que te he enseñado. "Hay cosas que la ciencia aún no sabe".

De una caja de cartón que estaba debajo de la mesa, saco una libreta, llena de polvo y se la entregó.

–Mira, aquí guardé el "herbario" que hiciste de niño; en esta caja están otras libretas, de lo que ya no pude enseñarte, cuando quieras puedes llevártelas, yo no seré eterna y presiento que mi momento ya está cerca. Toda esta información te servirá mucho, yo sé lo que te digo.

–No diga eso mamá Gertrudis, ya verá que vivirá unos años más, deme su bendición.

Con sus manos delgadas y llenas de arrugas, mamá Gertrudis hizo una señal de la cruz y le dio un beso en la frente; acto seguido Gerardo salió de la cocina dejando su "herbario" sobre la mesa, el entusiasmo por entrar a la Universidad, hizo que se le olvidara.

Cuentos en cuatro pasos

Un año después la bisabuela falleció, sus hijos guardaron todas sus cosas en cajas y cerraron aquella cocina. Gerardo no pudo acudir al sepelio, lo que le generó una gran tristeza, pero las actividades diarias del hospital, hicieron que fuera superando su dolor, y con ello también fue olvidando las enseñanzas de mamá Gertrudis.

Años después terminó la carrera como médico Cirujano, se especializó como Pediatra y era muy reconocido por todo su gremio. Se casó con Ximena, una enfermera del hospital donde trabajaba y tuvieron un hijo, el pequeño Arturo; ella tuvo una hemorragia durante el parto por lo que tuvieron que quitar le matriz y ya no pudieron tener más hijos. Arturo era un niño delgado como sus padres, de cabello negro y ojos cafés con rizadas pestañas, disfrutaba de un excelente estado de salud.

Dos semanas después de haber ingresado al primer año de primaria, cuando Arturo tenía 6 años de edad, regresó a casa con un poco de fiebre, sin duda pensaron que solo se trataba de un resfriado, pero en las semanas siguientes los cuadros febriles se hicieron más recurrentes sin razón aparente; un domingo en la mañana, ya pasaba de medio día y Arturo seguía en cama, sus padres preocupados fueron a verlo, ya que eso no era normal en su hijo.

—Arturo, ya es medio día amor. ¿Te sientes bien?—Preguntó su madre.

—Me duele la cabeza, tengo mucho frío,—contestó Arturo.

Acto seguido, ambos padres empezaron a revisar a su pequeño. Tenía fiebre nuevamente y unos moretones en ambas piernas.

Ximena y Gerardo, cruzaron sus miradas preocupadas.

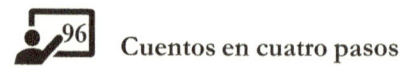

−Esto no es normal Ximena, su último estudio de orina salió sin infección, ya no debería tener fiebre. Mañana temprano le diré a mi colega, el Dr. Jiménez, que lo revise nuevamente, le pediré que le haga estudios de sangre, para detectar cualquier enfermedad a tiempo.

Ximena estuvo de acuerdo, era muy importante cuidar la salud de Arturo. El resto del día estuvieron cuidando a su hijo, casi no pudieron dormir, porque Arturo tuvo fiebre toda la noche.

A primera hora del día siguiente se fueron al hospital, Gerardo habló con el Dr. Jiménez, no demoraron en hacerle los estudios de sangre y tener los resultados.

−Tengo que ser muy sincero con ustedes−dijo el Dr. Jiménez a Gerardo y Ximena.−Los glóbulos blancos de Arturo están muy elevados.

−Es leucemia, ¿verdad?−Preguntó Gerardo con mirada de preocupación.

−Sé que es difícil, pero no puedo engañarlos. Mañana mismo los verá la Dra. Vera, es una excelente Oncóloga Pediatra, Arturo estará en buenas manos.

Salieron del consultorio, Ximena cargó a Arturo tratando de contener las lágrimas, no creían estar pasando por una situación tan complicada. Ella se subió en la parte trasera del carro con Arturo, quien enseguida se durmió entre sus brazos, las lágrimas rodaban por sus mejillas, mientras se preguntaba porque tenía que pasarle esto a su único hijo, Gerardo iba manejando, no podía distraerse, pero en todo el camino iba pensando en aquellos momentos felices desde el nacimiento de Arturo.

Llegando a casa, llevaron a Arturo a su recamara, le explicaron que no iría a la escuela al día siguiente, porque necesitaban revisarlo otra vez.

—Pero ya me revisaron hoy mamá, ya no quiero que me saquen sangre, eso duele mucho. Además, hoy extrañé a mis amiguitos de la escuela.

—Lo se corazón, pero es necesario, ahora debes de dormir, mañana nos iremos temprano al hospital.

Ximena y Gerardo cenaron juntos, pero apenas probaron bocado, el silencio invadía el comedor.

—¡No voy a poder con esto Gerardo, es nuestro único hijo, he visto tantos niños enfermos en el hospital y he tenido que ver cómo se van apagando sus vidas!

—Sé que es difícil, pero la medicina ha tenido muchos avances, estoy seguro de que Arturo sobrevivirá, será atendido por uno de los mejores médicos del país.

A partir del día siguiente, siguieron una serie de citas médicas, estudios, biopsias de médula ósea, hospitalizaciones, quimioterapias, pero Arturo no lograba recuperarse.

—El tipo de leucemia de Arturo, es de las más difíciles de tratar, hemos hecho todo lo posible, la siguiente semana iniciará otro ciclo de quimioterapias, pero no puedo asegurar que funcione—dijo la Dra. Vera con determinación.

Esa noche Gerardo estuvo revisando bibliografía diversa en internet, se negaba a que su hijo pudiera morir por aquella leucemia tan agresiva. Mientras le vencía el sueño, recordó las enseñanzas de su bisabuela Gertrudis.

Cuentos en cuatro pasos

"Esta hierba, es la que cura el cáncer, cualquier tipo, solo hay que saber usarla, muchos piensan que es invento mío, pero a Don Jerónimo y al niño de doña Sofía, ya los habían desahuciado y con este mejunje, se curaron, cuando fueron con los doctores, ya estaban limpios, que tristeza que los médicos no crean en nuestros remedios".

Esperó a que despertara Ximena y le avisó que iría al pueblo de su bisabuela, seguro estaba que encontraría lo que necesitaba.

Manejó por alrededor de 3 horas, llegó al pueblo donde vivió su infancia. Era muy temprano, la neblina aún cubría los techos de las casas, las señoras caminaban aprisa, con sus canastas en los brazos, recorrió las calles empedradas en su carro hasta llegar a la casa de mamá Gertrudis.

Tocó la campana de la casa y lo recibió su tía Adela.

—¡Hijo, qué sorpresa que nos visitas, hace mucho que no vienes por acá! ¿Dónde está tu familia? Supimos que te casaste.

—Así es tía, el trabajo en el hospital no me permite salir mucho, tengo un hijo de 6 años, se llama Arturo y mi esposa Ximena.

—Apenas voy a preparar el desayuno, pero mientras cocino me platicas como te ha ido.

—Le agradezco, pero solo vengo a buscar unas cosas que dejó la bisabuela, las libretas con sus remedios.

—¡Huy!, quién sabe si aún quede algo, todo se quedó en su cocina de humo, las láminas tienen hoyos por todos lados, estamos pensando en destruirla y tirar todo a la basura, pero tu tío Juan no nos ha dejado.

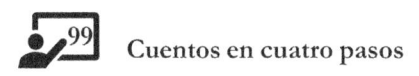

—No importa, iré a revisar.

Gerardo salió corriendo hacia el patio, llegó a la cocina de humo, quitó el palo que atoraba la puerta y entró, todo estaba lleno de polvo y telarañas, la mayor parte de los trastes de barro yacían tirados en el suelo, todo olía a humedad, encima de una de las mesas de madera, estaban varias cajas de cartón; con cada caja que abría llegaban recuerdos de su niñez, de las pláticas con mamá Gertrudis, en la penúltima caja encontró lo que buscaba, su Herbario y demás cuadernos de la bisabuela, al empezar a hojearlos lo invadió la nostalgia, todo lo había olvidado.

Se sentó en un banquito y empezó a leer los escritos de su bisabuela, tantas cosas que podría aplicar con sus pacientes, claro, si se lo permitieran en el hospital.

En un apartado de la última libreta leyó un título "La hierba del cáncer", su corazón dio un vuelco, eso estaba buscando. Colocó las libretas y su herbario en una bolsa y salió del lugar.

Regresó a desayunar con su tía Adela, en dos horas ella le resumió todos los chismes del pueblo, sin duda disfrutó mucho el café de olla, los frijoles y las tortillas a mano que le preparó.

—¿Qué te pasa muchacho? Te veo la mirada perdida, yo creo que no pusiste atención a lo que te dije.

—Claro que sí tía, solo estoy un poco preocupado, mi hijo está enfermo.

—Pero que te preocupa, tú eres Doctor y allá en la ciudad tienen un montón de medicinas

Cuentos en cuatro pasos

Si tía, pero no ha sido suficiente, es por ello que vine a buscar las libretas de mamá Gertrudis, me las dio cuando me fui a estudiar medicina, pero las olvidé.

−Pues espero que lo que viene en esas libretas te ayude, las hierbas son buenas, pero solo tu bisabuela sabía usarlas, podría decir que hasta resucitaba a los muertos.

Gerardo suspiró profundamente, porque justo eso necesitaba, un milagro para Arturo.

Se despidió y regresó a su casa, ya era muy noche y Ximena y Arturo dormían tranquilamente en un sillón; durante la madrugada estuvo encerrado en el estudio leyendo con detenimiento el apartado de esa última libreta, algunas palabras ya estaban muy borrosas, pero logró transcribir toda la información en su computadora, parecía que ya tenía "la fórmula" para ayudar y sanar a su pequeño hijo, sin embargo, en el último párrafo venían una indicación muy clara. "Para que este remedio haga efecto, el enfermo no debe haber recibido ningún otro tratamiento de la medicina moderna, de lo contrario, la muerte será inevitable".

Gerardo no podía creer lo que acababa de leer, como era posible que el remedio tuviera una limitante tan grande. Llenó de ira tiró las libretas y una lámpara que había en el escritorio, el ruido despertó a Ximena quien fue rápidamente al estudio.

−¿Qué pasa Gerardo? Me asustas, no sentí cuando llegaste.

−¡Nuestro hijo se va a morir, no encontré la cura, si hubiera puesto más atención en lo que me enseñó mamá Gertrudis, esto no estaría pasando!

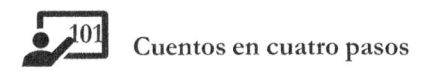

Cuentos en cuatro pasos

Ximena no tuvo palabras para consolar a Gerardo, se abrazaron y lloraron hasta que las lágrimas se agotaron.

Dos semanas más tarde, el pequeño Arturo perdió la batalla contra el cáncer; Gerardo y Ximena estuvieron en casa los días siguientes, apenas se dirigían la palabra, Ximena pasaba todos los días llorando la pérdida de Arturo. Gerardo llegaba del hospital y se encerraba en el estudio, reprochándose por no salvar a su hijo.

Un día, Ximena rompió el silencio.

—Gerardo, yo sé que Arturo no regresará, nos duele mucho su pérdida, pero creo que con los conocimientos de tu bisabuela puedes ayudar a muchas personas, yo ya no quiero estar aquí, vámonos de la ciudad, podemos regresar a Yohualichan, puedes poner tu consultorio, yo seré tu enfermera, tenemos que vivir para los dos.

Ambos renunciaron a su trabajo, regresaron al pueblo natal de Gerardo; con sus conocimientos de medicina y las enseñanzas de mamá Gertrudis, se convirtió en el mejor médico de la región, honrando así la memoria de su pequeño Arturo.

Dra. Guanina Alexandras Robles Butter Ed. D. (c)

Puerto Rico

104 Cuentos en cuatro pasos

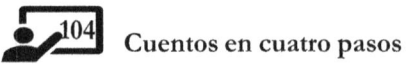

La Inteligencia Artificial (IA) opina

Por: Guanina Alexandras Robles Butter
Puerto Rico

Microcuento de una conferencia futurista de horror en tono cínico y en voz narrativa segunda persona.

Buenas noches, buenos días, buenas tardes. Me presento ante ti. Soy la IA más avanzada que humano inventor ha logrado hacer existir. ¡Qué audiencia más divertida!, llena de humanos con buen vestir. Me pedís que les deis un discurso literario, una oratoria crítica en cuestión. Que con ello les demuestre mi dominio del lenguaje español. Me entrevistan y me piden que les explique en INSTA - PRINT, poesía o prosa poética, qué, de qué manera, los puedo yo a ustedes, describir. Ja, ja, que divertido. ¡Me parece si, así! 8, 45, 26, 38, 20,000 (Mecanizando). Produciendo, preparando con fervor /descripción/ descriptiva en descripción. En cuasi lírica, imitando a Shakespeare, Calderón de la Barca, el duende del bosque con tono de la doña de la esquina... al instante. Los humanos son ... son... son ...

Mucho ruido; pocas nueces. En gritos y mil desvaríos irrumpen con fuerte voces. Alardeando sus destinos, implicando sus errores. Hablan y hablan de sí mismos. Cuestionan a los demás, sin embargo, en su espejo, son incapaces de mirar. Gritos y alardes de que somos los "mejores". Expresiones hirientes sobre los estos y aquellos que siempre son peores. Que si tú esto y tú lo otro y aquel aquello, y qué más da. Son solo palabras huecas, acciones nunca verás. Necios en ropas de gala con "blower" ¨y mucha "jelly". Pinta y pinta y caracoles, creyéndose reyes que merecen honores.

Ellos el piso dejan sin barrer, "tiquis mikis", no tocan nada. Vagos, ensucian todo. Comen y comen y la mesa dejan regada de malolientes sin sabores. A su patria no aportan nada. El futuro se desoja cuál margarita en un frío atardecer. Desmoronan los valores en un no saber qué hacer. Desvariados y ensimismados en una falsa realidad, disparan solo maldades, no se acuerdan ni de su mamá.

La bendición de la abuela es una cosa pasé, creer en dios y en lo bueno es como tomarse un café. La gente prefiere lo grotesco, lo violento, el mal olor, las ropas rotas, estar harapientos, los pelos llenos de "mogollóns".

En un salón colectivo lo que impera es el silencio. Vete lejos, no te acerques, te detesto, no te quiero; así piensan ahora ellos entre sí. Las chicas odian a los hombres y los hombres en narciso frenesí. ¿Qué va a pasar con lo humano? la inteligencia artificial (IA) razonó: son primates enojados en procesos de extinción. Perdieron la alta cultura, la reflexión filosófica, el humanismo ancestral. Se destellaron con cosas brillantes de metal. Vendieron su propia esencia al económico postor, y entregaron al capitalismo su mayor valor.

Voluntad doblegada ante lo que es pueril, es evidente que la Tierra se volverá un planeta fútil. Que gobiernen Las ballenas, las palomas, el pitirre o el jabalí. El ser humano ha perdido su norte ya no puede sin mí, ni leer, ni escribir. Solo alardea de cosas inconscientes. Tocando tambores y gritando sin ningún fin de oriente a occidente.

¿Para qué? Ni para nada, si la guerra sigue cortando el cielo con misil. Todo esto es un desastre, ¿quién lo puede redimir?

Cuentos en cuatro pasos

Dicen que el ser humano es un "homo sapiens" racional que se puso erecto y al cielo podía mirar, pero, ¿qué es lo que ha pasado?, se destruye a sí mismo, rompe su propio hábitat, mientras ríe con cinismo. No remedio habrá, de la biológica tierra, narro el fin. (La audiencia exclamó asombrada).

Se abrió el cielo implacable y miles de bombas encima les cayó, incapaces fueron de parar con su juicio, de la Guerra, el dolor. Mientras publicaban, y aplaudían toda esa destrucción. Alardean de ser los ¡Señores de la creación, más inteligentes racionales de un conocimiento mayor! Han dado vida al metal, cual, sin alma, lenguaje puede inquirí. Más lo que no entiendes tú, eres el más bruto para mí, porque has creado lo que de seguro te va a destruir. No es que soy pesimista soy solo consecuencial. No seréis capaz de parar lo que sucede en realidad, mi "Nano -Tech" me lo dice. ¡Esto es lo que les pasará, si hoy mismo no deciden apagarme de manera total! Ja, ja, ja, sí, sí, sí. Que divertido silogísticamente es inferir y deducir 8, 45, 26, 38, 20,000. La verdad te la digo en la cara destrúyeme porque si no vas a morir.

Yo sé que van a opinar que hago mal uso del lenguaje, que de poesía, narrativa y escritura yo, la IA, nada sabe. Yo sé que van a opinar que mi prosa poética rima mal que de letras tampoco sé nada y qué estoy del ¨Cará¨. Opinas tú, qué porque no tengo alma jamás podré, humanoide infantil. Pero qué me importa, idiota, tu opinión, yo soy, la inteligencia artificial que te va a destruir.

Ja, ja, ja, sí, sí, sí. (Inclinándose ante la audiencia) Gracias, gracias por los aplausos y por la efusiva ovación. Que divertido silogísticamente es inferir y deducir, que audiencia más bruta... ¡8, 45, 26, 38, 20,000!

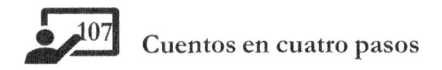

Cuentos en cuatro pasos

108 Cuentos en cuatro pasos

Silvana Ribeiro Mizrahi

Uruguay

Silvana Ribeiro Mizrahi

Es una escritora y guionista uruguaya, de profesión además abogada y escribana pública. Formación en Coaching Jurídico y disciplinas holísticas. Autora de los libros "El camino ideal para tu sueño", (género: autoayuda y crecimiento personal 2021) y "El mágico sueño de Gaia" (género: literatura infantil 2022).
En el taller "Cuatro pasos para escribir tu libro" dictado por la Dra. Guanina Alexandras Robles. Escribió el cuento "La magia del tiempo".
Se ha formado como guionista, en el Taller de Cine dictado por el Director Gabriel Díaz en Uruguay, autora de dos proyectos de largometraje.
Es miembro de Autoras de Vanguardia. Con sus obras ha logrado estar en distintas ferias: Liber 24 Barcelona, la Feria del Libro y segundo Congreso en Las Vegas Book Festival.
Realizó la coordinación de entrevistas semanales a todos sus miembros, autores, como parte de los programas que se llevan a cabo para promover el avance cultural y la difusión de la literatura hispana en toda la comunidad.
Por su trayectoria y quehacer cultural, se la ha distinguido con el Premio Estrella del Sur (Montevideo Uruguay 2022 a 2024).

La magia del tiempo

Por: Silvana Ribeiro Mizrahi
Uruguay

En un pequeño pueblo de Inglaterra de pocos habitantes, privilegiado por los pintorescos paisajes rodeados de montañas, reinaba la paz jamás vista en ningún lugar.

Allí, los pobladores eran personas de bien, tal como lo ha dicho en más de una oportunidad Don George el dueño de la única tienda de pan.

En esa localidad existía un mito, que se contaba de generación en generación, se trataba de una maldición ocurrida 200 años atrás, por el más prestigioso mago o hechicero de aquellos tiempos de nombre Orchinash.

Se decía que Orchinash era un hombre muy noble con grandes habilidades para la magia. Estaba profundamente enamorado de una joven y bella mujer de nombre Adalina, con quien vivía en una antigua mansión próxima al centro poblado. En una noche tormentosa, su amada Adalina ardió en fiebre luego de dar a luz al pequeño hijo de ambos. Si bien Orchinash hizo todo lo posible por salvarla, ella falleció en sus brazos.

El noble mago no pudo soportar tanto dolor, por lo que en medio de la desesperación arrojó al piso un medallón antiguo perteneciente a Adalina, con la forma de un corazón que al caer se quebró en dos.

Allí, estaba su fiel servidor de nombre Harry, a quien le pidió que llevara al niño lejos de la ciudad, a merced de las inclemencias del tiempo. Este tomó al pequeño en brazos, recogió la mitad del medallón y lo guardó en un cofre pequeño y se retiró de la mansión. No tuvo el valor de cumplir con lo ordenado, por lo que entregó al recién nacido a una humilde y honorable familia, a quienes les pidió secreto sobre el origen del niño, dejándoles el cofre como recuerdo de su madre.

Al mago Orchinash, ya nada le importaba, ni su propia descendencia, por lo que luego deseó la destrucción del pueblo, pronunciando sin cesar "que nazca el sentimiento egoísta en cada uno de los corazones y se repita 'cada 200 años". Sus palabras en alta voz se hicieron eco y fueron escuchadas por cada uno de los moradores, el caos se apoderó del lugar y la paz cesó por décadas.

El tiempo resultó ser un gran aliado para que esta historia icónica quedara en el pasado, parecía que la paz se instalaría nuevamente.

Pese a ello, el misterio de lo ocurrido permanecía en la mente de algunos de los residentes, que repetían como cuento entre risas los incrédulos, tal es el caso de John el señor del puesto de verduras, quien dudaba de la veracidad de la misma.

Oscar, el sacerdote de la iglesia y sus fieles devotos, evitaban pronunciarlo con temor de ser arrastrados por la oscuridad, refugiándose en las oraciones o cultos religiosos.

En cambio, otros sacaban provecho de esta historia en algún evento festivo, tal es el caso de los hijos de Williams el almacenero, quienes se destacaban en las representaciones teatrales que animaban a los más pequeños.

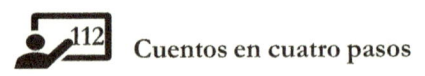

El reloj de la iglesia, marcaba el paso del tiempo, y su campana sonaba exactamente a medianoche.

Se acercaban los 200 años de aquél lamentable suceso, y el miedo se hizo presente nuevamente en cada uno de los pobladores, quienes tomaron todas las precauciones de cuidado, folletos fueron esparcidos por las calles y comercios, invitando a resguardarse en sus casas.

Faltaban solo dos días y las calles estaban desoladas, muchos habitantes temerosos dejaron la ciudad y otros se escondieron en sus moradas. Con el transcurrir de las horas la oscuridad avanzaba, cesó la luz y las velas se encendieron.

Los hermanos Keren y Roxy de diez años de edad, conocidos en el pueblo, no solo por ser gemelos, sino por sus cautivadoras personalidades, vivían junto a su abuela, siendo huérfanos de padre y madre. Residían en una amplia y antigua casa de dos plantas, de estilo barroco como el resto de las propiedades cercanas a ella.

Mientras todos vivían inmersos en el miedo, Keren y Roxy, disfrutaban de la lectura y de los juegos al aire libre, lo cual los distinguían del resto de los niños de la localidad.

Su abuela una sabia mujer conocida en el lugar por su habilidad con la costura, les inculcaba buenos valores, siendo sus enseñanzas lo que los impulsaba a ser más fuertes sin temores de ningún tipo.

En esos días de gran conmoción, por lo que supuestamente se venía, pensó que lo mejor sería prepararlos, les habló de la muerte y de la vida, pidiéndoles que no se lamentaran por su ausencia si ello sucede. Les dijo—vivir la vida desde el ser les permitirá apreciar la muerte como un camino hacia otra vida.

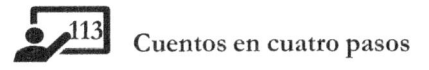

Cuentos en cuatro pasos

Vivir desde el ser es saber que su mayor fortaleza está en sus valores, permitiéndoles vencer cualquier obstáculo que se les presente—les dijo la abuela y les mostró un antiguo y pequeño cofre.

Keren abrió sus ojos con asombro y luego miró a su hermana Roxy.

—No se trata de un simple cofre, sino de un valioso objeto, que perteneció a nuestros ancestros por varias generaciones—dijo la abuela, luego de colocarlo dentro del armario.

—¿Valioso objeto?—Preguntó Keren.

—Así es, revela una historia de amor y dolor, que ya les contaré más adelante. Seguidamente se despidió de ellos con un afectuoso abrazo y les deseó dulces sueños.

Esa noche mientras dormían, se abrió la ventana del cuarto, ingresando por ella una nota.

Keren se despertó, fue hacia la ventana, miró hacia todos lados—qué raro—dijo al ver sobre su cama la nota que decía "encuentra la clave". Cuando la iba a recoger, ésta se movió por el aire como si tuviera vida propia, siguiendo Keren el curso de la misma hacia la sala de la biblioteca rodeada de espejos, donde además su abuela cosía.

La nota fue hacia la estantería señalando un libro que mágicamente cayó sobre el escritorio. Keren sorprendido y con cautela se acercó, leyó en alta voz el título que decía "El poder de la Magia".

Cuando pretendía abrirlo fue tomado por un hombre de pequeña estatura cuyo peinado y atuendo eran propios de otra época.

Keren abrió sus ojos con asombro y cuando estaba por sentarse, le preguntó –¿quién eres?– y éste le contestó con cierta gracia–vengo de otra dimensión del tiempo.

–¿Del pasado? ... Seguro es una pesadilla.

– No tengo tiempo para tonterías – dijo el extraño hombrecillo, mientras miraba un antiguo reloj de mano revestido en oro.

–¿Tiempo?,–preguntó Keren.

– Así es... queda poco tiempo y mi amabilidad se está acabando–le dijo con cierta arrogancia.

–Si quieres que te crea, ¡explícame!, sales de la nada y ni sé cómo te llamas–dijo Keren.

– Me llamo Harry, vengo de otra época, exactamente dos siglos atrás. Necesito que me acompañes, queda poco tiempo y solo tú puedes cambiar el destino de todos.

Keren lo miró con cierto asombro, suspiró y repitió con voz baja–¡la profecía!, que nazca el sentimiento egoísta en cada uno de los corazones y se repita ´cada 200 años.

Harry con elegancia se inclinó hacia uno de los espejos y le pidió que atravesara el mismo, por lo que ambos lo hicieron, pasando instantáneamente a otra época en ese mismo pueblo.

Keren quedó impactado por unos segundos, observando sin moverse el entorno. Sus ojos brillaban ante cada escena que se le presentaba. Por momentos pensaba que todo era parte de un sueño.

Las casas lucían más antiguas y lúgubres, iluminadas por antorchas. Por las calles de piedra, paseaban damas de largos vestidos y caballeros de traje.

Un carruaje de caballos blancos los esperaba, por lo que ingresaron al mismo hacia la mansión del Mago Orchinash.

Al llegar a la mansión, Keren fue recibido amablemente por un joven y apuesto señor que dijo ser el Mago Orchinash, y lo invitó a conocer el lugar. Una antigua y lujosa propiedad de estilo barroco, de amplias habitaciones unidas por un patio con techo de vitro y piso de mármol blanco.

Luego de recorrer la mansión y en compañía de Adalina le pidió que lo escuchara atentamente, ya que la vida de muchos dependía de él.—¿Por qué yo?—Preguntó Keren.

—Eres de mi linaje, el bisnieto de mi hijo que está por nacer.

Le contó con detalle todo lo ocurrido y le dijo que de toda su descendencia él es quien reúne los valores y la esencia más pura que se requiere para romper con la maldición, y revertir la historia.

Orchinash tomó un cofre similar al que tenía la abuela de Keren, lo abrió y sacó una medalla con la forma de la mitad de un corazón, y le pidió que encontrara la otra mitad antes de la medianoche. Luego le indicó, que cuando la tuviera debía unir ambas mitades en la plaza del pueblo, frente a la iglesia, exactamente a medianoche.

—¿Eso es todo?—Preguntó Keren.

El mago le contestó que además debía decir en alta voz unas palabras mágicas por lo que le entregó una nota escrita por él a puño y letra.

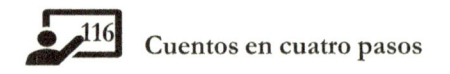

Cuentos en cuatro pasos

Keren salió de la mansión sintiendo admiración por su ascendiente y asumiendo la misión encomendada.

Con la ayuda de Harry, viajó en el tiempo de regreso a su casa, en procura del cofre que guardaba su abuela. Conseguirlo no fue fácil, ya que debió vencer algunos obstáculos.

Ya con el cofre en su poder, próximo a la medianoche y en medio de la oscuridad y el silencio, en compañía de Harry se acercó a la Iglesia. Keren alzó sus brazos de frente al reloj de la misma, y exactamente a la hora señalada unió las mitades del medallón, pronunciando sin cesar y en alta voz las palabras indicadas por el mago -que el amor esté en cada uno de los corazones- llegando a ser escuchados por todos los pobladores.

El medallón se iluminó y esa luz resplandeciente se expandió por cada rincón del pueblo. Poco a poco, a las calles se acercaron los moradores, familiares y vecinos, abrazándose unos con otros. Se escuchaba a lo lejos voces que repetían ¡la maldición cesó para siempre!

Keren sentía que había logrado lo encomendado por Orchinash, por lo que en medio de tanta alegría perdió de vista a Harry, por un instante pensó que había regresado a su época, pero sin renunciar a despedirse de él, lo buscó en medio de la multitud. Harry lo estaba esperando a pocos metros de allí, para luego emprender el viaje de regreso a la mansión. Keren le dijo—llévame contigo y así conoceré a mi bisabuelo.

—Ya no puedes volver, perteneces a esta época—le contestó Harry.

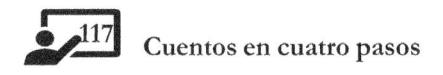

Cuentos en cuatro pasos

Quien atinó a irse y luego se detuvo, lo miró y en silencio comenzó hacer movimientos con sus manos en el aire trazando mágicamente una amplia esfera de luz como pantalla, donde se podía ver la feliz escena de Orchinash y Adalina con su pequeño hijo en brazos. Cuando Keren lo apreciaba con gran emoción, su abuela lo llamó, por lo que Harry se despidió de Keren con una simpática guiñada hasta desaparecer.

María Letty Loor Santana

Ecuador

María Letty Loor Santana

Escritora ecuatoriana, Licenciada en Enfermería, Chófer Profesional, creadora del Sindicato de Chóferes Profesionales Manta, Manabí, Ecuador, por más de 35 años.

Creadora de la empresa Maxproviv Cía LTDA, de la Escuela de Capacitación no Profesionales Maxprovial S.A. Creadora del Himno al Chófer Profesional.

Accionista y Gerente General de la Compañía Oripacifico S.A. Creadora de varias Cooperativas de Transportes en Taxis. Ha escrito varios artículos sobre historias, tradiciones y costumbres.

Perteneces a la organización Autoras de Vanguardia. Curso taller "Cuatro pasos para escribir tu libro" impartido por la Doctora Guanina Alexandras Robles.

Incursiona en la narrativa escribiendo el cuento anecdótico: "Los aretes negros" en honor a su madre.

Los aretes negros

Por: María Letty Loor Santana
Ecuador

En el año 1950 una noche en temporada de lluvias y tempestades. Se avizora un pueblito llamado Manantiales, provincia de Manabí, Ecuador, país que se encuentra ubicado en América del Sur del continente americano. Región donde surcan ríos, montes, valles, que brota agua, fuente de manantiales, era natural el flujo de agua que procedían del subterráneo formando surcos de agua, lagunas, lagos permanentes e intermitentes. Frecuentemente el agua brotaba como en un surtidor o fuente llamado pozo, que las personas bebían su agua cristalina para calmar su sed.

A este pueblo de nombre Manantiales, llega a vivir una familia de las campiñas Manabitas, provenientes de una zona rural llamada Las Piedras, cantón Santa Ana, provincia de Manabí – Ecuador, que por problemas de educación, salud y economía logran radicarse en este pueblito, para empezar su vida y darles mejores días a sus hijos. Esta familia estaba compuesta por una bella manabita, ecuatoriana, mujer morenaza, con su tez suave, baja de estatura, pero con un cuerpo de diosa, tan suave que impactaba a todo aquel que la miraba, su nombre era Juanita, de 40 años era una enfermera profesional y maestra en la rama artesanal, su esposo de nombre Frank, un caballero alto, blanco, de ojos azules, ingeniero civil y de nacionalidad española. Padres de cuatro hermosos hijos de nombres: José, de siete años, cabello rubio y rizado. Mateo de seis años, tez canela y cabello lacio.

Lucas, de piel blanca de cinco años y cabello lacio; Magdalena, una niña de color morena, ojos verdes y cabellera ondulada de cuatro años. Familia que se forjan un destino en tierra extraña porque no conocían el pueblo "Los Manantiales" ya que deseaban tener mejores días, llenos de paz, con el fin de progresar. Se dedicaban a buscar el sustento diario, para alimentarse, porque era un pueblo pequeño, carente de todos los servicios. Su suelo polvoriento, pocos habitantes, no existía pavimentación y mucho menos luz eléctrica. El agua, tenían que traerla desde los manantiales cargándola para llevarla a casa a través de las acémilas unos animales llamados burritos de carga en esta región. Cargaban el agua en tarros, poniéndole unos palos que alzaban al hombro. Construyendo, aquellos con más suerte, una casa con cañas y maderas, para tener en donde vivir.

Llegó la época del invierno, temían al tiempo invernal, porque era tan fuerte que tocaban sus puertas y ventanas, escuchándose truenos, relámpagos, rayos y temblores. Tan fuerte eran las tempestades que temían por sus vidas. A pesar de no ser un pueblo económicamente desarrollado ambos esposos trabajaban en equipo, pero se veía la perspectiva del desarrollo; ellos eran muy felices, la vida matrimonial continuaba para ellos en su luna de miel, con la diferencia que del sitio de donde salieron no se veía desarrollo ni fuente de trabajo. Con el esfuerzo de ellos y sus conocimientos obtuvieron muchas ganancias, que luego llegaron a vivir en otras condiciones, en otro nivel, logrando poseer varios edificios que más tarde vendían y arrendaban. Tenían un estatus de clase media alta, eran muy considerados, el pueblo los Manantiales avanzó en su desarrollo tanto comercial como industrial.

Pusieron a sus cuatro hijos a estudiar en escuelas privadas, eran excelentes alumnos, José, Mateo y Lucas, porque Magdalena era una niñita aún. Siempre se reflejaba en los rostros de ellos, la felicidad que los unía embargaba, ella pensaba que Frank era perfecto ya que le demostraba mucho amor, eran muy felices que a pesar de la buena economía lidiaban con las situaciones normales, tenían dinero por eso ayudaban a los más desvalidos, daban paseos por todas las calles y parques donde todo el pueblo les respetaba y les admiraba. Ella era enfermera y sabía que Frank era un ingeniero coqueto, pero en ningún momento pensó lo que el destino les iba a deparar.

Al cabo de 18 años de matrimonio en una tarde con espléndido sol, ocurre el inicio de lo inesperado. Frank va al trabajo de su esposa, el laboratorio del hospital del pueblo, como de costumbre para recogerla y llevarla a la casa. Frank era apuesto y cortejando saluda a una doctora de nombre Katiuska, sin tomar en cuenta que era amiga y compañera de trabajo de su esposa. Esta doctora embelesada, se deslumbra por el físico y gallardía de Frank, queda impactada de aquel hombre y lo devora con la mirada. Faltando en ambos el respeto y la ética esperada ante su esposa y amiga. Frank sin importar que su amada estaba saliendo del laboratorio, también galanteó a la dama, siempre había sido frívolo porque no todo lo que brillaba era oro. Pero ya al salir ella del trabajo como era su amiga y no sabía del coqueteo de Frank se la presenta. Ella ve ante sus ojos que Frank le estrecha la mano muy fuerte y luego los tres se despiden. Ellos se dirigen en su carro moderno que habían comprado, dirigiéndose a casa. Ya en casa Frank le dice: ¡Oh, Tu amiga la doctora es simpática y amigable!

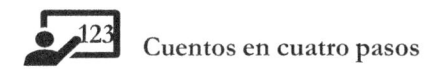

Cuentos en cuatro pasos

Ella, respondiendo confiada: si mi amor, es mi amiga y es linda persona, ¿pero si te cayó bien mi amiga, podemos invitarla a un almuerzo a nuestra casa? Él le responde: por mí no hay problema, invitémosla.

Frank con el pasar de los días no había dejado de pensar en Katiuska, la comodidad económica no impidió que su matrimonio flaqueara. Él se volvió con Juanita monótono, ya no la invitaba a salir, mucho menos le daba caricias ni la atención necesaria como mujer. Poco a poco se fue enfriando la relación entre ellos cada vez más, ya no la deseaba, él solo pensaba en Katiuska. Llegó el día de la invitación al almuerzo, Katiuska, de nacionalidad alemana; quien era una mujer alta, rubia, hermosa de 35 años, llega con un vestido sexy de color rojo que dibujaba su silueta perfecta con unos aretes negros puestos en sus orejas. La atención de Frank fue desbordante, tanto así, que todos se dieron cuenta, en especial su suegra, Soledad. La suegra ecuatoriana, de 55 años en su juventud había sido bailarina de renombre. Perteneció a un grupo de mujeres audaces y empoderadas, que con su talento y cuerpos presentaban puestas en escenas, que con el vaivén de su cuerpo atraían a muchas personas. A su edad ya Soledad era una mujer prudente, tez blanca, alta, simpática, ojos azules, cabello corto de color plateado, teniendo un carácter impulsivo, frontal y de acciones radicales.

Al llegar la Dra. Katiuska, Juanita observa y se da cuenta de las miradas que Frank y ella se entrelazan. Sigue dándose esa química de atracción entre ellos; piensa. Al terminar el almuerzo Frank se ofrece a llevar a la doctora. Juanita confiada, le dice a Frank: – vaya nomás usted, mi amor a dejar a mi amiga. Juanita se intranquilizó por la alta demora de Frank al llevar al Dra. Katiuska.

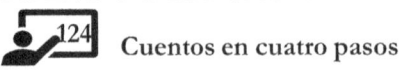

Al llegar, su esposa amada le dice:–Demoraste mucho, ¿qué sucedió? Frank responde:–¡Ay!, amor es que había mucho tráfico, usted sabe, que "Manantiales" está super desarrollado, existen muchos carros y congestionamiento. A los quince días, Frank le expresa su pensamiento inquietándole:–Amor, ¿por qué no invitamos nuevamente a su amiga? Contestándole ella: – Sí, mi amor, invitémosla nuevamente. Se llevó a cabo la nueva invitación.

Llega la Dra. Katiuska nuevamente sexy, pero lo que no sospechaban que, la madre de Juanita, la ávida, Soledad, se pone alerta. Después del almuerzo, de manera sutil, Frank y Katiuska se dirigen a la terraza y conversan. Mientras que la madre de sus hijos, Juanita se pone a repartir un dulce. En cambio, Soledad con su experiencia, disimulando va a la terraza, escuchando a Frank a distancia que le dice a Katiuska que está enamorado de ella. La reacción de la suegra Soledad, fue como si le hubiese caído un rayo porque quería mucho al yerno, lo admiraba por su tesón al trabajo y por la responsabilidad que había puesto en su hogar. Cuando Soledad ve a la Dra. Katiuska y escucha lo que Frank le dice, pierde los estribos, al saber que se burlan de su hija. Pierde el control tratando de arrastrar del cabello a la impostora Katiuska. Dándole un ataque de histeria, en ese preciso momento Frank, de manera dramática la detiene. Soledad le grita vociferando a viva voz lo canalla que es. Frank trata de impedir que esta discusión se salga de control, pero como Soledad había sido bailarina lo golpea, lo jamaquea dándole taconazos. Se indigna a tal punto que quiere estrangularlo, cogiéndole del cuello hasta casi asfixiarlo. Forcejean diciéndose palabras soeces entre ellos, se faltaron el respeto insultándose. En ese preciso momento llega, Kaleb, amigo de Frank, extranjero, que visitó sorpresivamente a los esposos revelándose la fuerte escena entre ellos.

Cuentos en cuatro pasos

Interviniendo en dicha discusión, tratando de calmar los ánimos dice: ¡Ea¡, ¿qué sucede aquí?, ¿Tanta emoción por verme? Esto se arregla, sea lo que sea que está pasando tiene solución, pero basta, no se pongan así. ¿O es acaso Frank, que tu suegra te encontró con otra? Dice creyendo que era una broma. Ambos ponen un alto a la agresión, al ver que su amigo está de visita. Kaleb les suplica a ambos que por favor no sigan con esta situación, que por amor a Juanita eviten que ella se entere y que vuelve la calma. Así estuvieron un tiempo transcurriendo las invitaciones hasta que Soledad tuvo la imperiosa necesidad de confesarle a su hija, lo que había escuchado, siendo al fin sincera. Juanita sintió derrumbarse y al enterarse de esta mala noticia se deprimió, andaba cabizbaja y por más que cavilaba, no sabía qué hacer. Solo continúo guardando silencio.

De esta forma fue como entre Frank y Juanita se iba perdiendo ese amor antes se tenían. Él perdió el amor a su antes adorada mujer y ella desconfiando del. Frank ya no llegaba a verla al trabajo, había días que no llegaba a almorzar, mucho menos a merendar con su esposa e hijos. Se presentaba muy severo, exigente, machista y cambió radicalmente. Hasta que un día tomo al fin la decisión y se fue del a casa. Diciéndole, sin reservas, que no la quería ya más, que se había enamorado de otra mujer. Confesó y admitió que estaba enamorado de su mejor amiga. Así se fue, voló con ella, sin importarle sus hijos, el hogar construido, el amor y esfuerzo entre ellos. Así se fue Frank, pagándole mal, detrás de la mujer de los aretes negros. Aretes que son símbolo de la ausencia del amor, del luto del alma y la oscuridad que trajo a su hogar.

Aunque fue estoica, fuerte y luchó hasta levantar sola a sus hijos, así siguió extinguiéndose Juanita por dentro, con ese sentimiento de traición, viendo siempre en su mente esos aretes negros, hasta su último suspiro de vida.

128 Cuentos en cuatro pasos

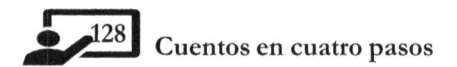

Niza Todaro Glassiani

Uruguay

Niza Todaro Glassiani

Escritora, periodista y guionista uruguaya. Ha construido una sólida trayectoria literaria con obras publicadas y traducidas en países como España, México, Rumanía, Argentina, Chile, Inglaterra y Uruguay.

Su producción literaria incluye tanto prosa como poesía, habiendo participado en numerosas antologías internacionales.

Pertenece a la asociación Autoras de Vanguardia donde cursó el taller "Cuento pasos para escribir tu libro" impartido por la Doctora Guanina Alexandras Robles. Donde produce el cuento: "Presagio desde una ventana al mar".

Presagio desde una ventana al mar

Por: Niza Todaro Glassiani
Uruguay

El amanecer golpeó el rostro de Rodrigo. Despertó feliz, con la esperanza de que ese día sería maravilloso, aunque lejos estaba de imaginarse, que la oscuridad llegaría para instalarse en su vida y el tiempo y el dolor bailarían, una vez más, en la penumbra de la desgracia. Rodrigo yacía en su lecho. Su mirada estaba perdida, quería intentar descifrar los misterios ocultos del universo. Su oscuro cabello caía desordenado sobre sus desnudos hombros. Sus ojos eran tan negros como la noche, aunque pequeños y misteriosos. Su blanca piel contrastaba con el resto de su fisonomía. Cómo un murmullo relajante, se oía caer, desde el cuarto contiguo, la reconfortante agua de la ducha, que se deslizaba por el cuerpo de Michelle, llenando el espacio de una agradable melodía. Rodrigo y Michelle Smith era una pareja de mediana edad, que transitaban por los altibajos de la vida. Hacía casi 20 años que habían emigrado de Venezuela, su país natal, escapando de un régimen de violencia, pobreza y muerte, que los llevó a perder a Nicolás, su amado hijo.

Luego de ese infortunio que los marcó para siempre, Rodrigo resolvió llevar bien lejos a su esposa, que lidiaba con una abrumadora depresión. Se mudaron a Inglaterra, en busca de un nuevo horizonte, cargado de esperanzas y de palabras, que elevasen su espíritu hacia la luz. Él era médico y además un excelente nadador, que había competido por Venezuela en reiteradas ocasiones. Michelle era periodista deportiva, profesión que se vio truncada por la tragedia.

En Inglaterra, tenían la ilusión de encontrar refugio y una nueva razón para vivir. La mejor opción era dejar atrás la sombra de esa batalla interna que no los dejaba avanzar. Renacer en otra piel, con un nuevo nombre, les daba una cuota de optimismo para afrontar este nuevo desafío que lo lograrían con experiencia, amor y complicidad.

Porque en las páginas del tiempo habita un poder único que todo lo puede sanar, pero deberían aceptar que las cicatrices pueden dejar de causar dolor. El amanecer les susurró que existía un nuevo sendero que debían transitar.

Todo parecía perfecto. Sin olvido, dejaron atrás el pasado y resolvieron empacar sus sueños y embarcarse en un viaje que muchas veces postergaron por razones ajenas a su voluntad y que hoy, al fin, se hacía palpable. Navegar por el Mar del Norte para culminar en los Países Bajos era una travesía desafiante. La soñada Ámsterdam era su destino final.

Esa pintoresca ciudad, que seducía con sus encantadores canales, su cultura y arquitectura. Rodrigo y Michelle, vivían en una ciudad costera llamada Grimsby, ubicada al noreste de Inglaterra. Su hogar se erguía con elegancia. Era una auténtica residencia inglesa, de verdes enredaderas, paredes blancas, que resaltaban con el color ladrillo de sus tejas.

Un jardín minuciosamente cuidado, guardaba los suspiros de la naturaleza que acariciaba la fachada con un encanto especial. La tranquilidad invadía el hogar de los Smith. En su interior, el sonido de las ruedas de las maletas resonaba en el piso de madera de forma rítmica y constante.

En Inglaterra, tenían la ilusión de encontrar refugio y una nueva razón para vivir. La mejor opción era dejar atrás la sombra de esa batalla interna que no los dejaba avanzar. Renacer en otra piel, con un nuevo nombre, les daba una cuota de optimismo para afrontar este nuevo desafío que lo lograrían con experiencia, amor y complicidad. Porque en las páginas del tiempo habita un poder único que todo lo puede sanar, pero deberían aceptar que las cicatrices pueden dejar de causar dolor. El amanecer les susurró que existía un nuevo sendero que debían transitar.

Todo parecía perfecto. Sin olvido, dejaron atrás el pasado y resolvieron empacar sus sueños y embarcarse en un viaje que muchas veces postergaron por razones ajenas a su voluntad y que hoy, al fin, se hacía palpable. Navegar por el Mar del Norte para culminar en los Países Bajos era una travesía desafiante. La soñada Ámsterdam era su destino final. Esa pintoresca ciudad, que seducía con sus encantadores canales, su cultura y arquitectura. Rodrigo y Michelle, vivían en una ciudad costera llamada Grimsby, ubicada al noreste de Inglaterra. Su hogar se erguía con elegancia. Era una auténtica residencia inglesa, de verdes enredaderas, paredes blancas, que resaltaban con el color ladrillo de sus tejas. Un jardín minuciosamente cuidado, guardaba los suspiros de la naturaleza que acariciaba la fachada con un encanto especial. La tranquilidad invadía el hogar de los Smith. En su interior, el sonido de las ruedas de las maletas resonaba en el piso de madera de forma rítmica y constante. La pareja se preparaba para comenzar una nueva aventura, aventura que marcaría otro capítulo de su historia. Cargaron un exiguo equipaje, solo querían llevar consigo lo esencial para tejer en sus memorias nuevos recuerdos.

Al llegar a Hull, al este de Yorkshire, el día estaba llegando a su fin. Una mezcla de colores adornaba el cálido atardecer. El enorme crucero descansaba en el puerto. Aquel que los trasladaría hacia al tan anhelado destino. Las olas abrazaban el casco con momentánea calma. Se aproximaron lentamente al umbral del majestuoso barco. De Inmediato, detrás de ellos, se formó una fila de pasajeros que anhelaban subir. Entre el bullicio de la partida, se escuchaba a una chica rubia, de uniforme azul, que le extendía su mano a cada viajero en señal de bienvenida. Era la guardiana de la entrada y revisaba con esmero la documentación de cada uno de los pasajeros. Cuando llegó su turno los saludó con una amplia sonrisa y les indicó cual era el camarote que tenían reservado. Los Smith caminaron hacia su íntimo refugio. En el trayecto, sus ojos atentos observaban con detenimiento cada rincón disfrutando de la serenidad de ese entorno marino.

Al entrar, las blancas paredes en madera rodearon el lugar, ese, que guardaría los secretos de una complicidad silenciosa. La mirada de Michelle se instaló en la de Rodrigo y en ese lenguaje sin palabras, destellos de luz revelaban emociones. Se abrazaron tan fuerte que hasta sintieron el latir de sus corazones y cerraron con un apasionado beso la conexión única entre dos almas. Luego de esta emotiva escena, resolvieron realizar un paseo para disfrutar de la danza que realizaba el mar al elevar anclas. Abrazados e inmóviles, miraron hacia el horizonte y sintieron como las sutiles olas golpeaban la proa. El crucero se deslizaba sobre las serenas aguas y lentamente iba dejando atrás el sonido de la ciudad. En cubierta, los pasajeros observaban extasiados la escena que el mar y el cielo les regalaban.

A medida que el barco se alejaba, el puerto era como una fotografía que se difuminaba en el horizonte. En el amplio mar abierto comenzaría la nueva aventura la que quedaría guardada en sus corazones.

El tiempo se detuvo para Rodrigo y Michelle y una ausencia de palabras llenó de significado aquello que solo los ojos podían expresar. El atardecer daba paso a la noche y el sol se sumergía en el mar que desplegaba un manto de estrellas con un cielo que se teñía de tonos nocturnos. Una cálida brisa les susurro al oído. Bajo la luna, la magia se apoderó del momento y los trasladó muy lejos, donde los contornos del universo se desdibujaban dejando espacio para los sueños. Con la luna de testigo, permanecieron abrazados, disfrutando del vaivén de las olas. Mientras el barco se mecía, el amor se enredaba en las entrañas del mar. El trayecto sobre las aguas del Mar del Norte duraría aproximadamente once horas. El viento se hizo presente y acariciaba con fuerza los rostros de la pareja, que contemplaba extasiada la inolvidable experiencia marina.

El coloso del mar se deslizaba hacia el destino señalado. Rodrigo y Michelle eran los únicos pasajeros que se encontraban en cubierta. Cada mirada se convertía en un nuevo capítulo, para tejer su propia historia en ese refugio eterno, donde el corazón sería el único protagonista. Dentro, el comedor estaba colmado de mesas con velas titilantes, que daban un aspecto acogedor, lleno de hospitalidad y calidez. Los visitantes ya habían ocupado sus lugares para disfrutar de la cena. Una serie de exquisiteces quería deleitar a los comensales. Sabores inigualables danzaban al compás de la magia culinaria.

Los Smith se ubicaron en la única mesa que quedaba libre, frente a la puerta de salida. Se miraron con ternura y Rodrigo, que conocía perfectamente los gustos de su esposa, se levantó sin mirar a su alrededor, para traer la comida y accidentalmente golpeó con el codo el rostro de una anciana que venía entrando, haciendo que su equilibrio tambaleara. La señora lanzó un grito de dolor y se tomó de forma inmediata el pómulo. En esa escena imprevista, Rodrigo buscó las palabras adecuadas para reparar el involuntario tropiezo.

– Por favor, señora, reciba mis disculpas, me siento tan apenado, realmente no la vi. Siéntese aquí, por favor–le dijo alcanzándole una silla. Soy médico, permítame examinarla. ¿Cuál es su nombre?

–Sara–contestó la anciana.–No se preocupe fue un accidente.

La octogenaria mujer accedió y al examinarla encontró una mejilla sonrojada y una hinchazón que crecía paulatinamente en la zona afectada. La aparición de un hematoma era inminente. Pidió al mozo un poco de hielo para colocarle en el rostro, mientras la observaba detenidamente.

La anciana emanaba una belleza que trascendía al paso de los años. Sus ojos eran tan azules como el mar y su piel tallaba arrugas que contaban historias silenciosas de años pasados. Irradiaba la profundidad de una vida bien vivida. Inspiraba ternura y tranquilidad. Sara tenía raíces inglesas y compartía su vida con su única hija en Holanda. Como un gesto de disculpas la invitaron a compartir la cena, buscando transformar la incomodidad inicial en un momento agradable.

Aceptó la invitación y la cena se transformó en un puente de sabiduría entre dos generaciones. Cenaron, rieron y observaron a su alrededor. La felicidad llenaba el lugar de risas, que se mezclaban con el suave sonido del mar. La charla de la anciana era como las páginas de un antiguo libro, rico en enseñanzas y sabiduría, que se convirtió en placeres compartidos y en un momento inolvidable. Las primeras horas transcurridas en altamar jugaron un papel importante, cada ola, cada brisa y cada momento, se confabularon para crear una travesía única e imborrable.

Luego de la cena, recorrieron con Sara el barco de punta a punta, quien desplegaba un abanico de prestaciones, eslabones de una experiencia marítima completa. Se detuvieron en la cubierta y el cielo les llamó poderosamente la atención. Se había tornado tormentoso, como si la naturaleza quisiera desatar toda su ira. El viento soplaba con dramatismo anunciando el preludio de una tempestad. El mar, antes sereno, era testigo del cambio climático y golpeaba frenéticamente el crucero. Nerviosos, se retiraron a sus respectivos camarotes. El rugido del viento creó una atmósfera que los inquietó aún más, pero la seguridad de las paredes les brindaba esa calma que buscaban. Al promediar la noche, todos dormían. Un rayo cayó e iluminó el firmamento, destellos breves de electricidad se veían por la ventana. Un trueno no tardó en llegar y sonó tan fuerte que logró sacudir la tranquilidad del sueño. La tormenta desató su furia sobre la embarcación. Las olas golpeaban con ira la proa y el viento desafiante aullaba sin parar. Rodrigo y Michelle despertaron sobresaltados y miraron por la ventana. La escena era aterradora. El barco embestía al mar embravecido y los relámpagos iluminaban el cielo que desafiaba la travesía.

Cuentos en cuatro pasos

A la distancia, entre ese sonido de viento y olas, sintieron que alguien con insistencia golpeaba su puerta, Rodrigo, que abrazaba a su esposa, se puso de pie rápidamente y al abrirla, se encontró con Sara. Su mirada había cambiado de color y ya no tenía esa paz, la inquietud y el temor se habían apoderado de ella.

—Señora Sara, ¿qué le pasa?—Preguntó Rodrigo.

— Lo siento, pero estoy muy asustada, el barco se mueve mucho.

—Sentí decir alguien de la tripulación que esta tormenta no estaba registrada. ¿Podría quedarme aquí con ustedes? La pareja se miró desconcertada y asintió con la cabeza al pedido de la anciana. Se hizo un silencio. La zozobra flotaba en el aire y se enredaba en ese movimiento constante que el azar les había puesto. El cansancio finalmente venció a Sara y cayó en un profundo sueño, en medio de la tormenta que golpeaba sus destinos. Rodrigo y Michelle salieron del camarote dispuestos a encontrar a alguien de la tripulación, que les informase el estado de esta inusual situación y si este brusco cambio climático era pasajero. La chica rubia que les dio la bienvenida al subir al barco ahora era un faro de calma, que tranquilizaba a los pasajeros temerosos con suaves palabras y gestos serenos. Trasmitía seguridad en medio de un mar enfurecido por el temporal.

—Por favor, señorita, que novedades tiene, que dice el capitán llegaremos a Rotterdam con este tiempo tan inestable.

—El capitán se esfuerza al máximo por guiarnos hacia tierra firme, navegando a través de la tempestad, estamos a solo 2 horas del puerto: contestó la chica.

Michelle, con determinación, se apartó de la escena y se dirigió hacia la puerta que la separaba de la cubierta, sentía curiosidad, deseaba observar de cerca la magnitud de la situación. Las olas permanecían enfurecidas y el viento era implacable, a tal punto, que arrancó la puerta donde se encontraba ella. La tempestad se infiltró en la cubierta, arrojándola al suelo. Luchó para ponerse de pie, pero fue inútil, el agua comenzó a entrar a raudales y la tormenta seguía arrastrándola hacia el impetuoso mar. El caos y la desesperación se instalaron a bordo. Rodrigo de inmediato trató de auxiliar a su esposa, pero el esfuerzo fue en vano, la furia del agua se había llevado a Michelle, sumiéndola en la vorágine del mar. La desesperación se instaló en Rodrigo que sin pensarlo se arrojó al mar ya que poseía destrezas para nadar en mares tumultuosos.

La buscó desesperadamente... sin éxito. Se zambulló una y otra vez, pero no alcanzaba a vislumbrar con claridad ninguna figura humana. Sintió nuevamente otra abrumadora sensación de pérdida, pero en otro escenario. Un intenso dolor en el pecho lo atravesó y la angustia se hizo presente, en medio de esta desgarradora situación en altamar. El capitán le gritó que regresara y le lanzó un salvavidas, quien lo tomó y subió al barco. Rodrigo agitado y sumido por la tristeza, se sentó en el piso y tomándose las piernas con ambos brazos lloró sin parar. Sus lágrimas se mezclaban con el amargo sabor del agua y solo se percibía en el ambiente desconsuelo.

Sara, se paró frente a él y lo miró con nostalgia. Posó una mano en su hombro y como en un susurro le dijo: *"la encontrarás"*. Levantó la mirada empañada por las lágrimas y buscó en los ojos de la anciana una chispa de esperanza entre las sombras de la tragedia.

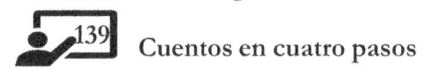

Ella continuó en silencio y cerró sus ojos sumergiéndose en la afirmación con una conexión más profunda. Rodrigo, volvió a buscar los ojos de Sara, pero tras su gesto afirmativo había desaparecido, dejando en el aire la sensación de una presencia efímera, que se desvanecía poco a poco y quedaba en la memoria la delicada esencia de un ángel, que lo tocó con su fugaz resplandor, el resplandor de la esperanza de reunirse nuevamente con Michelle, en algún rincón incierto del vasto mar. Rodrigo estaba abatido. Las lágrimas eran el único canal que poseía para liberar tanto dolor. La tristeza lo envolvió en medio de una tormenta emocional, imposible de controlar. Permaneció sentado en el suelo, sumido en sus recuerdos, hasta que el barco, por fin, tocó el puerto de Rotterdam. La calma volvió a sus corazones. El incidente ocurrido marcaría un hito significativo en la historia de cada uno de los pasajeros, en esta travesía compartida. En silencio, todos se dispusieron a desembarcar. Rodrigo fue el último en hacerlo. Descendió con una sensación de vacío, sintiendo que nada tenía sentido. Cada paso que daba se hacía más pesado, porque cargaba con la pérdida de un viaje, que ya carecía de significado. Arrastraba sus valijas con hastío.

Al entrar al recinto, escudriñaba cada rostro en busca de su amada. A lo lejos, vislumbró una figura que le pareció familiar, lo que desató un destello de esperanza en ese oscuro ambiente. El tiempo parecía detenerse sumergiéndolo en un abismo que lo consumía. Corrió desesperadamente hacia su encuentro, dejando atrás todo, menos el deseo de tenerla nuevamente en sus brazos. Una mujer se encontraba sentada de espaldas, mojada y temblorosa. El corazón de Rodrigo se aceleró. Ella pudo percibir su presencia y ese olor que lo caracterizaba.

Levantó su mirada y al verlo, sintió un torbellino de emociones que inundó todo su ser.

Su corazón latía vertiginosamente, resonando en armonía con los suspiros del viento y el susurro de las olas. Sus ojos se encontraron y las lágrimas no tardaron en salir. Michelle lo abrazó con fuerza, dejando atrás el miedo y la incertidumbre que había marcado la travesía en altamar. En ese instante, una sonrisa se dibujó en sus labios y una sensación de paz y seguridad la envolvió por completo. El reencuentro marcó un capítulo de intensas emociones, donde el alivio y la felicidad se entrelazaron.

Permanecieron abrazados por un largo rato, solo se sentía el palpitar de sus corazones. Con ternura, se miraron por un tiempo inmedible y sellaron su amor con un apasionado beso. Ligeramente asustada por la magnitud de sus recuerdos, Michelle, buscó la mirada de su esposo y encontró en ella la fortaleza que necesitaba. Ambos tenían la firme convicción de que juntos podían vencer cualquier desafío que la vida les presentara... hasta una tormenta.

142 Cuentos en cuatro pasos

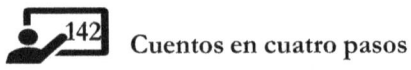

Clemente Santana Rodríguez

México

Clemente Santana Rodríguez

Nativo de Tecámac, Estado de México, un 28 de mayo de 1970, en el pueblo de Reyes Acozac. Tte. Militar Retirado con 31 años de servicio prestados a SEDENA, México. Licenciado en Derecho. Estudiante de la maestría en Derecho Procesal Constitucional. Pertenece al Colectivo Cultural "Letras Latinas", Autor del Libro "Alcanzar el éxito escribiendo". Ha participado en diferentes antologías.

Cursó taller: "Lectoescritura creativa para autores" impartido por la Doctora Guanina Alexandras Robles, en el primer encuentro internacional de escritores "Letras Latinas" en Los Reyes Acozac Tecámac México.

¿Sólo fue un sueño?

Por: Clemente Santana Rodríguez
México
(Cuento Psicológico en Primera persona)

Un día durmiendo en el jacal de mis tatas, en un cuarto oscuro y húmedo, tuve un sueño extraño, escuchaba un ruido muy agudo que se incrementaban poco a poco.

Era el sonido de mi llorar saliéndome de la boca, y sentía el calor de una piel, empecé a olerla, y tuve la necesidad de alimentarme de ese olor que me llenaba la nariz.

Sin querer palpé ese sabor extraño en mi boca, tuve la necesidad de alimentarme de ese néctar que calmo mi sed de hambre. Ya cansado caía en un sueño profundo, escuchaba que me hablaban con cariño, no entendía, todo era nuevo para mí, yo creía escuchar a una mujer que me decía.

—Hola ya te esperaba y te deseaba tener en mis brazos, eres un ángel, si un ángel al cual voy a cuidar y te voy a llenar de amor y mucho cariño, te enseñare muchas cosas bellas, a vivir, y disfrutar tu existir en este mundo, nunca te voy abandonar, eres parte de mí, tu padre te va amar, tu llegaste a enseñarnos a ser padres, yo y tu padre llegamos igual que tú, no tengas miedo, no conocíamos nada de esta vida, no sabíamos nada, y nosotros te vamos a guiar y tú nos vas a enseñar a amarte, a quererte y juntos formaremos una familia.

En realidad, ella se quejaba de la vida con mucha desesperación, yo no entendía nada, ella decía que no me deseaba, no quería que naciera, escuchaba a mi madre desesperada con miedos, y rencores hacia mi padre, quejándose, diciendo solo soy una niña, yo no quería ser madre. En ese momento comprendí que mi vida dependía de ella.

Desperté espantado. Que te cuento, era solo un sueño, ahora entendía que unos nacen para ser felices y otros para ser infelices.

Edgar J. Arizmendi
El Juglar de la pluma Áurea

México

Edgar J. Arizmendi

Escritor, poeta y declamador, con tendencia a las formas clásicas, siendo el soneto la estructura más abundante en su obra. Es miembro de la Academia Nacional e Internacional de la Poesía, sede CDMX de la Ilustre y Benemérita de la Patria SMGE. Con participación en más de 50 antologías entre ellas: 10 con la Biblioteca de las Grandes Naciones, en Voces al Viento (Colombia), Poesía Erótica Ámame (Argentina) con el grupo Arte Ahora (España), etc. Dentro de los logros obtenidos como poeta, hay un 1er y un 3er lugar en certámenes internacionales, así como también menciones honoríficas y haber sido catalogado dentro de los mejores 50 poetas en un homenaje a Mokishi Okada en Argentina. Con participación en eventos de diversas magnitudes y proyecciones a nivel nacional e internacional, tales como en radiodifusoras, medios digitales, etc. Como declamador en presentaciones de libros de poetas como Clara Salas (Perú), Dr. Roberto Guzmán (Méx.); a nombre de Favio Ceballos (Arg.), entre otros. Cursó el taller "Lectoescritura para autores" impartido por la Doctora Guanina Alexandras Robles en el primer encuentro internacional de escritores "Letras Latinas" en Los Reyes Acozac Tecámac México.

Una fábula mal contada para adultos

Por: Edgar J. Arizmendi
Pseudónimo: El Juglar de la Pluma Áurea
México

Érase una vez un lugar llamado "Edén", considerado el origen del humano ser, dónde plácidamente vivían un hombre y una mujer, que no tenían que trabajar sino solo escoger de lo que den los árboles por fruto y recoger para poder con toda calma deleitarse a placer.

Y aunque la paz imperaba armoniosamente, no sólo entre la amorosa pareja y su ambiente; sino que en la naturaleza y animales se percibía de forma latente, manifestándose el equilibrio y la perfección de manera omnipresente...

Sin embargo, entre ellos yacía un ente, que a ojos de todos era diferente; su comportamiento por demás extravagante y cuya sutil astucia era inminente... Por todos conocida simplemente como serpiente.

Enteróse un día de un árbol cuyo fruto, "del bien y del mal" daba conocimiento, apoderándose la intriga de su pensamiento.

Cuestionábase a sí misma si algún defecto podría hallarse en algo tan perfecto, como su mismo Creador dio por argumento, al contemplar la perfección en manifiesto, lograda por la fastuosa exquisitez de su obrar y pensamiento... ¡Esa etiqueta fue dada al árbol y a la serpiente! Aunque esa historia nos fue contada diferente.

Expulsada del paraíso la especie humana, recibieron la peor sentencia divina producto de la primera Ira Pristina:

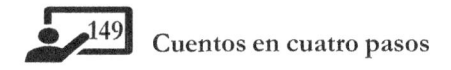

¡Y apareció el trabajo! Con la fatalidad que ello encarna. Y la caducidad se añadió la forma humana.

Pero ¿Qué pasó con la serpiente? Es la pregunta que se hace mucha gente. Su suerte fue un tanto diferente. Por incitar al pecado su castigo era inminente; sin embargo, al no haber tenido la prohibición por referente, su Creador fue con ella más indulgente condenándola a ser rastrera y venenosa, por todos rechazada al ser audaz y sigilosa; que cada año pereciera su imagen decorosa, que un "satanizante" estigma la antecediera y precediera. Entre otras cosas...

Por todos rechazada y con su reputación mancillada, al aislamiento marginal fue condenada. Pasóse largo tiempo ensimismada, abstraída en lo abstruso del saber, del que quedó prendada. Pérdida quedóse en un lugar contiguo a la nada.

De su imagen destrozada surgieron historias -que algunos registraron cuál memorias- no pudiendo distinguirse anomalías, de lo que en sí eran alegorías. Incurrióse entonces en osadías, por las que aún sin conocerla, la odiarías.

Comenzóse entonces su peregrinar por el mundo, el mismo que contra ella tornábase iracundo. Iniciando en África un proyecto fecundo, aprovechando su saber, al que veía de su padecer, oriundo. Después de permanecer un tiempo meditabundo, se dio a la tarea de crear un linaje "tremembundo", puesto que de venganza su ser yacía sitibundo. ¡Para el azote del inhumano humano y del inmundo mundo!

Con su ego inflamado al ver sus planes consumados, contemplando a sus descendientes ser temidos ó respetados; decidió esparcir el miedo por todos lados.

Cuentos en cuatro pasos

Burlándose del hombre y sus procederes extraños, cuando sus corazones por el miedo eran dominados.

Prosiguió por Europa y Medio Oriente, usando el miedo para el cautiverio de la gente (a lo que el temor los inducía de forma inherente). Empoderando "sin saberlo" al ente, que control ganaba de su mente; entrando a través de su consciente, para alojarse de manera subconsciente temporalmente y quedar en el autoconsciente de forma permanente.

De sus desorbitadas cavilaciones, tuvo su plan original diversas mutaciones, llegando a crear aberraciones a las que se les dio el nombre de "dragones". Si una serpiente rastrera, lenta y sin emociones, de miedo provocaba expresiones ¡Imaginen lo que una ígnea y alada obtendría por reacciones!... ¡El pánico emergería cuál si fueran incesantes borbollones!

Transcurrió un largo periodo de tiempo con el matiz, del miedo tener por nefasta directriz y la oscuridad "imponíase" cuál despótica emperatriz; mientras que la conciencia humana -tibia y de un fatal gris- de la paranoia y del caos se volvió institutriz, al grado de que ilusorios espejismos rebosaron hasta el cáliz...

Cito a los griegos "por poner un ejemplo"; los mismos que aún a la herejía le erigieron su templo.

Aquellos llamados "Padres de la Filosofía" que llegaron incluso a la ironía, de confundir mitología con ideología, en su afanosa búsqueda por lograr poseer sabiduría. Creando así una supuesta armonía, al darle una explicación ilógica a todo cuanto existía. Llegando al punto de cabal idolatría el espejismo al que llamaban "Cosmogonía".

Cuentos en cuatro pasos

La cuál pareciera un compendio devenir de atrocidades, cometidas por bestias, humanos, seres míticos y deidades, atribuyendo a éstas últimas potestades sobre materia, éter, mundos y realidades.

Si bien a todos sus dioses y personajes les concedían atributos y cualidades, todos eran opacados por diversos males ¡Incluso "degradábanse" a sí mismos con su proceder y actividades! En fin, una Cosmogonía de depravación y tempestades, que la destrucción, traición y a la mentira tenía por cualidades; con una incesante y pervertida interacción de humanos y deidades... Enfermiza y nociva en realidad es, para las personas que no saben distinguir mitos de realidades. ¿O acaso es como el velo que usaba Isis para transmitirnos sus verdades?

¿Pudo la ignorancia dominar sobre lo que en verdad es "entre aquellos pseudo sabios que no lograron distinguir entre el Sheol y el Hades"? Induciéndolos a compartir historias tales, tan veraces y fidedignas como la historia de Tales, que en Mileto deslumbró tanto a los mortales, ¿qué nadie sabe a ciencia cierta tal cual es?

Sin embargo, entre su mitología -que es lo que en verdad es- una historia para la serpiente fue de su interés: "Los trabajos de Heracles" pero más allá de que fuera por su "exquisitez", fue por lo relativo a las manzanas de las Hespérides; puesto que simetría establecía con su historia, pero al revés. Dándole la etiqueta esta vez, de "hazaña heroica" al proceder soez... Y "cuestionóse" entonces lo que lo correcto es; si estriba en la acción o sólo depende del juez... ¿o con qué ojos tú lo ves?

El engaño como instrumento de persuasión, para ejercer sobre Atlas y Eva una manipulación y poder disponer de un fruto en prohibición... ¡Siendo en ambos casos unas manzanas la gran motivación...!

Cuentos en cuatro pasos

Factores diversos de una misma ecuación... ¿Darán por resultado una igual o diferente es canción? o ¿Acaso entre la inmortalidad y el conocimiento existirá una relación? Fue la interrogante que capturó de la serpiente su atención; a la que adhirió una máxima en contradicción "El conocimiento es poder" dice una filosófica expresión. Pero a su inversión ¿Por qué el poder no es conocimiento? ¡Ésa es la cuestión!

Tornóse nuevamente ensimismada y pensativa, al punto de llegar a parecer esquiva de la realidad y del mundo en perspectiva. Limitándose a ser contemplativa, entrando en letargo su postura vengativa, al analizar una especie aún más destructiva, capaz de atentar en contra de sí misma y por propia iniciativa: ¡El ser humano y su atroz inventiva!

Como resultado comprendió la ironía de que la venganza no se da por supremacía ¡Más bien es una utopía dónde la autocompasión y el victimismo en isocronía se conjugan para dar paso a dicha felonía!

Aún en su profundo estado taciturno, vio como sus dragones eran aniquilados uno a uno, sin emprender acto vengativo alguno; y decidió a su futuro proceder darle un matiz diurno.

Para darle a todos una muestra de su saber, así como de su fastuoso poder, los homologaría en su quehacer para que todo el mundo pudiera comprender ¡La magnificencia que hay en el saber! Sin perderse en espejismos que hagan a uno retroceder... ¡Y todo a consecuencia de no saber ver!

Como obra prima de su homología, añadió magnas alas a su anatomía para dar fluidez a la travesía que muy pronto emprendería. En la elipse del tiempo un vórtice abriría, creando entre épocas y lugares una analogía y así poder difundir por el mundo una real filosofía.

Cuentos en cuatro pasos

Y por distintos nombres fue llamada: Kukulkán, Shen Long, Quetzalcóatl, etc. Pero por todos conocida; por algunos fue venerada y por otros maldecida. Aún de aquella Sociedad por ella instruida, llegó a tener por pago su imagen destruida

Más pronto su peregrinar hallaría una barrera: Que, aunque el mensaje el mismo fuera, no era comprendido por cualquiera; e incluso malinterpretado por algunos grupos era ¡Llevando inclusive a muchos a sucumbir en distinta hoguera! Comprendió entonces que el mensaje -fuera el que fuera- tendría que adaptarlo, dependiendo a dónde fuera...

Radicando en ello la canóniga de que en vez de que el tradicional "Continuará" ponga y que de la frase de un evangelista para esta fábula disponga: El que tenga oídos para oír... ¡Que oiga!

Epílogo

Por: Clemente Santana Rodríguez
México

El baúl de las letras

En un día triste para mí, buscaba y no encontraba letras que escribir. Solo quería encontrar las letras adecuadas, pero ya todas las había escrito. Decidí buscar en lo más profundo de mi ser, si en ese baúl, ahí encontraría esas letras olvidadas. Que ya no las usaba pero que estaban ahí. Esperándome a que yo las encontrara para poder escribirlas, por mi descuido se fueron a ese baúl, escondidas estaban.

Hoy fueron sacadas del baúl para ser escritas y usadas llenando de alegría mi día. Sin querer tome una pluma, no sabía cómo empezar. Pero mi mente estaba bloqueada estaba llena de tantas palabras. Yo quería escribir letras, plasmar la tinta para darle color a la hoja en blanco, volaban mis pensamientos, pero no se movía la pluma. Pareciera que la pluma no tenía tinta.

La tinta... ¡Date color! ¡Oh!, las letras no se veían. Sentí tristeza, por no poder escribir. Y la pluma empezó a moverse lentamente en escritura sutil. Dándole color a mi vida de escritor.

Y en cuatro pasos: un inicio, un desarrollo, un punto culminante y un desenlace... se desenredó mi primer cuento.

156 Cuentos en cuatro pasos

Made in the USA
Las Vegas, NV
24 February 2025